쾌락독서

쾌락독서

개인주의자 문유석의
유쾌한 책 읽기

문학동네

2장_____

편식 독서,
누구 마음대로 '필독'이니

일러두기

1. 외래어 표기는 국립국어원 원칙을 따르되, 영화 제목 등 일반적으로 널리
   통용되어 굳어진 것들은 그대로 사용했다.
2. 단행본, 정기간행물, 장편소설, 희곡 등은 『 』, 단편소설, 시는 「 」, 노래,
   공연, 영화 등은 〈 〉로 구분했다.

프롤로그

책 한 권을 쓰기 시작한다는 것은 그리 쉬운 일은 아니다. 1만 피스짜리 지그소 퍼즐을 맞추기 시작하는 것과도 같다. 분명 재미있을 것 같기도 하고, 다 맞추면 뿌듯할 것 같기도 하지만, 산더미같이 널려 있는 조각들과 거대한 퍼즐 매트를 보면 첫 조각을 끼워넣을 엄두가 나지 않는다. 그럼에도 불구하고 이 책을 쓰기 시작한 이유는 어느 날 불쑥 문학동네에서 제안한 제목 한마디가 머리에 들러붙어서 떨어지지 않았기 때문이다. '쾌락독서'. 마치 황금시대의 홍콩 영화 같은 바이브가 느껴지지 않나? 큼지막한 한자로 快. 樂. 讀. 書. 네 글자가 쾅! 쾅! 쾅! 쾅! 떠오르고 그 사이로 홍금보와 성룡, 젊은 날의 주성치가 고개를 들이밀 것만 같다. 이 인간들, 나에 대해 너무 정확히 알고 있다. 세상에는 뻔히 보이는데 피할 수 없는 펀치도 있는 법이다. 인간이란 판단력이 없어서 결혼을 하고, 인내력이 없어서 이혼을 하며, 기억력이 없어서 재혼을 한다는 말이 있다. 나는 그래서 또 책의 프롤로그를 쓰기 시작한다.

책은 언제나 수다 떨고 싶어지는 주제다. 책과 여행, 이 두 가지에 관해서라면 나는 언제 어디서든 숨도 안 쉬고 몇 시간 떠들고 싶어진다. 하지만 슬프게도 내게 들어오는 책 기획안의 대부분은 내 직업과 관련된 엄숙한 책 아니면 이렇게 살라, 저렇게 살라고 충고하는 책들이었다. 나 자신이 즐겨 읽지 않는 종류의 책을 써서 남들에게 권하고 싶진 않았다(참고로 수많은 기획안 중에서 '쾌락독서' 이외에 유일하게 마음이 흔들렸던 것은 '걸그룹'에 대해 써달라는 제안이었다). 물론 그동안 썼던 책들은 분명 사회에 아주 작은 도움이라도 되었으면 하는 의무감, 또는 세금 내는 기분을 떨쳐내지 못한 채 마음 한구석에 무거움을 안고 썼던 것도 사실이다. 이 책만큼은 깃털처럼 가벼운 마음으로 내 즐거움을 위해 쓴다. 언제나 내게 책이란 즐거운 놀이였기 때문이다. 나는 그저 심심해서 재미로 읽었고, 재미없으면 망설이지 않고 덮어버렸다. 의미든 지적

성장이든 그것은 재미를 추구하는 과정에서 얻어걸리는 부산물에 불과했다. 그렇다고 그런 내 '독서법'의 유용성을 전파하고자 이 책을 쓰는 것도 아니다. 그냥 내가 그랬다는 얘기일 뿐이다. 거기서 뭔가 쓸모 있는 것을 발견할지 말지는 읽는 이마다 다를 거다. 단지 내 얘기가 재미있기를 바랄 뿐이다.

먼저 얘기해둘 것이 있다. 내 독서 취향은 그리 특별하지 않다. 난 항상 그 시기에 누구나 좋아했던 뻔한 책들을 좋아했다. 남들이 아다치 미츠루 만화를 열심히 볼 때 나도 그랬고, 남들이 하루키에 열광할 때 나도 그랬고, 남들이 김용 무협소설에 대해 침 튀기며 얘기할 때 나도 그랬다. 그래서 본의 아니게 사람들을 실망시킬 때도 있었다.

첫 책을 내고 북토크를 했을 때의 일이다. 대학 때 즐겨 읽었던 책이 뭐냐고 눈이 초롱초롱한 여학생이 묻길래 『토지』나 『태백산맥』 같은 대하소설들을 즐겨 읽었다고 대답했다. 순간 감추지 못한 실망의 탄식 소리가 여기저기서 들려왔다. 한번은 '작가의 책'이라는 릴레이 인터뷰에서 어릴 적 가장 좋아했던 책을 묻길래 『삼국지』와 만화 『유리가면』을 얘기했는데 0.5초 정도 정적이 흐르더라. 이런 반응을 접할 때면 괜히 살짝 미안해지기도 한다. 사람들은 책을 쓰는 작가라면 뭔가 어릴 때부터 길고 이국적인 이름의 작가가 쓴 특별한 책을 좋아했을 거라고 기대하는 게 아닐까. 아고타 크리스토프의 『존재의 세 가지 거짓말』이라든가.

나는 솔직히 취향으로 차별화하는 우아한 '인생 책' 리스트를 볼 때마다 궁금해진다. 저 책들도 물론 좋았으니 언급했겠지만, 정말 저 책들이 평생 가장 재미있게 읽은 책들이었을까? 『캔디 캔디』나 『굿바이 미스터 블랙』을 보며 가슴이 설렌 적은 없었을까? 『슬램덩크』에서 삶의 지혜를 발견하지 않았을까? 마이클 크라이튼이나 베르나르 베르베르의 소설은 재미없었나? 하물며 '인문학 고전을 읽어야 성공한다' '대입을 위해 서울대 추천 인문 고전 50선을 꼭 읽어야 한다'는 등의 조언 또는 겁주기를 볼 때면 의문은 더 커진다. 『키케로의 의무론』『실천이성비판』『아함경』『우파니샤드』『율곡문선』…… 잠시 서울대 교수님들 중 이 50선을 모두 읽은 분이 몇 분이나 될지 불경스러운 의문을 가져보았다. 나는 달랑 세 권 읽었더라.

나의 경우, 사춘기 초반의 책 선정 기준은 명쾌했다. 야한 장면 유무다. 집에 있는 어른들 책을 샅샅이 뒤졌다. 가구로 비치돼 있던 한국문학전집에 의외로 '왕거니'가 많았다. 이효석의 『화분』, 송병수의 「쇼리 킴」, 조해일의 『아메리카』 등등.

『춘향전』과 『아라비안나이트』는 원본으로 봐야 보물임도 곧 발견했다. 아마 요즘 소년들은 엄마나 아빠가 남들 따라 충동 구매한 한강의 『채식주의자』 2부에서 보물을 발견할지도 모른다. 난 이런 보물찾기 과정을 통해 문학이라는 것이 의외로 재밌다는 것도 부수적으로 발견했다.

고등학생 시절엔 뜬금없이 순정만화에 빠졌다. 스포츠 아니면 무협 일색인 소년만화보다 소재가 다양했기 때문이다. 꽃미남 귀족에 대한 소녀들의 선호 때문인지 유럽 배경이 많았다. 『베르사유의 장미』와 『테르미도르』를 보고 나니 프랑스 혁명사에 익숙해졌고, 『불새의 늪』을 본 후 교과서에서 위그노전쟁을 만나니 반갑더라. 『유리가면』으로 연극이라는 장르에 흥미를 갖게 됐고, 『스완』으로 평생 발레에 관해 아는 척하고 있다. 허영만의 만화로 랭보와 로트레아몽의 시를 접하고, 클래식기타곡인 알베니스의 〈전설〉을 좋아하게 되었다. 허 화백 덕은 판사가 된 후에도 보았다. 『타짜』 덕분에 발뺌하는 사기도박 사건 피고인 앞에서 '병목' '환목' '깜깜이 바둑이' 등의 전문용어를 구사할 수 있었다. 대학 때 김용의 무협소설 전작을 탐독했더니 사시 1차 공부할 때 중국사와 다 연결되었다. 『녹정기』의 위소보는 강희제의 명으로 소피아 공주와 네르친스크조약을 체결한다.

결국 재미있어서 하는 사람을 당할 수 없고 세상 모든 것에는 배울 점이 있다. '성공' '입시' '지적으로 보이기' 등등 온갖 실용적 목적을 내세우며 '엄선한 양서' 읽기를 강요하는 건 '읽기' 자체에 정나미가 떨어지게 만드는 지름길이다. 자꾸만 책을 신비화하며 공포 마케팅에 몰두하는 이들이 있는 것 같은데, 독서란 원래 즐거운 놀이다. 세상에 의무적으로 읽어야 할 책 따위는 없다. 그거 안 읽는다고 큰일나지 않는다. 그거 읽는다고 안 될 게 되지도 않는다.

　이 책에 등장하는 책들은 '추천도서'나 '필독도서'가 아니다. 누구 마음대로 '필독'이니? 난 '필'자만 들어도 상상력이라고는 하나도 없어 보이는 완장 찬 사감 선생이 고리타분한 책을 코앞에 억지로 들이미는 느낌이 든다(물론 그 필독도서가 내가 쓴 책인 경우에는 팅커벨이 반투명 날개를 흔들어대며 보물상자에서 책을 꺼내주는 느낌이지만). 여기 등장하는 책들은 '그저 어떻게든 나에게 영향을 주었던 책'이다. 선정 기준은 '지금도 뭔가가 강렬하게 기억에 남아 있는지 여부'. 시냇가에서 사금을 채취하듯 모래알을 잔뜩 흔들어대다보면 반짝반짝 빛나는 알갱이들이 남지 않을까. 그게 금이든 사금파리든. 얼마나 유명하고 대단한 책을 읽었든 지금 내 기억에 남아 있는 것이 없으면 최소한 현재로서는 내게 존재하지 않는 책이다.

한 줄의 문장, 또는 한 단어가 기억에 남아 있다면 내게 그 책은 그 한 줄, 또는 한 단어다. 만약 책 내용은 하나도 기억나지 않는데 그 책을 읽던 시간과 장소의 감각이 되살아난다면 내게 그 책은 그 감각이다. 그런 점에서 이 책은 쥘리앵 뒤비비에 감독의 고전 영화 〈무도회의 수첩〉 같기도 하다. 남편과 사별하고 혼자가 된 주인공 크리스틴이 이십 년 전 사교계에 데뷔했을 때 함께 춤추었던 남자들의 이름이 적혀 있는 낡은 수첩을 우연히 찾아내고는, 추억을 회상하며 수첩 속의 남자들을 차례차례 찾아가는 심정이랄까.

그렇다고 예전 읽은 책들 내용을 구구절절 소개하고 싶지는 않다. 원래 지나간 인연은 다시 만나지 않는 게 나은 법이다. 이 책을 쓰기 위해 그 시절 그 책들을 죽 찾아서 읽어볼까 생각도 해보았지만, 그냥 지금 내게 남아 있는 기억들만 쓰는 게 낫겠다는 생각이 들었다. 그 책들은 그저 그 시기에 거기 있었기에 우연히 내게 의미가 있었을 뿐이다. 지나간 연인들도 그렇듯 말이다.

사실 우리에게 중요한 건 지나간 인연들이 아니라, 그로 인해 우리 안에 생겨났던 그 순간의 감정들이다. 헛된 허세나 과시욕 따위를 배제하고 그때 그 책의 무엇을 왜 좋아했고, 그로 인해 나는 어떤 영향을 받았던 것인지, 그리고 내가 생각하는 '책을 가지고 노는 여러 가지 방법들'에 대해 얘기하려 한다. 솔직히 내가 하고 싶은 이야기는 딱 두 가지다. 어떤 책이든 자기가 즐기면 그것만으로도 충분하다는 것. 그리고 혼자만 읽지 말고 용기 내어 '책 수다'를 신나게 떨어야 더 많은 이들도 함께 읽게 된다는 것. 그걸 위해 기억 속의 책들을 찾아간다.

   ……그래도 그 수첩 속의 남자들이 너무 늙고 배 나오지 않았기를.

1장

개인주의
성향의
뿌리

어린 시절의
책 읽기

책에 관한 최초의 강렬한 기억은 책이 가득 꽂힌 친구의 책꽂이다. 초등학교(정확히 말하자면 '국민학교'였지만 역시 '국민학교'라는 말은 별로다) 1학년 때였다. 서울역 뒷동네에서 보기 드물게 부유했던 그 친구의 방에는 천장에 닿을 듯 방 한쪽 면 전체에 차곡차곡 책이 꽂혀 있었다. 거의 모두가 '세계명작전집' '위인전기' '과학백과사전' 같은 전집류였다. 책들은 모두 깨끗했다. 인간 세상이 언제나 그렇듯 행운은 그걸 그리 절실하게 원치 않는 이에게 편중되게 주어지곤 한다. 친구는 그다지 책을 좋아하는 타입이 아니었고 친구의 어머니는 '책을 좋아하는 어린 아들'을 소망했다.

비교 대상을 체험한 바 없어 단칸 셋방살이에도 아무런 불편함을 느껴본 적 없이 남부럽지 않게(?) 살던 나는 그 책꽂이 앞에서 인생 처음으로 강렬한 부러움을 느꼈다. 그건 『리플리』의 톰 리플리가 부자 친구 디키 그린리프의 요트 위에서 느낀 감정과 크게 다르지 않은 것이었다. 친구와 인생을 바꾸고 싶은 욕망이랄까.

나와 그 친구 모두에게 다행스럽게도 내 욕망은 그 친구를 굳이 살해하지 않아도 충족될 수 있었다. 친구의 우아한 어머니는 언제든 책을 보러 오라고 하셨고, 나는 매일 그 집으로 출근했다. 특히 '소년소녀 세계명작전집'을 홀린 듯이 읽었다. 『햄릿』을 비롯한 셰익스피어 4대 비극부터 『걸리버 여행기』 『로빈슨 크루소』 등 유명하다는 작품은 다 있었는데, 라블레의 풍자소설 『가르강튀아』에 심지어 메리메의 공포 단편집까지 있었으니 지금 생각해보면 참 묘한 전집이었다(당시의 출판 관행을 생각해보면 일본 전집을 그대로 옮겨다 번역했을 가능성이 높다).

자, 이 시점에서 여기저기서 '잠깐만요' 소리가 들려오는 듯하다. 방금 프롤로그에서 '엣헴, 소생은 그 어릴 적부터 이런 대단한 책을 읽었소이다' 이딴 소리 하려고 이 책을 쓴 것은 아니라고 하지 않았나요?

맞습니다, 맞고요. 세상에는 항상 겉보기와 다른 속사정이 있기 마련이다. 우선 당시 나는 마약중독자처럼 온갖 거짓말로 엄마에게 푼돈을 받아내어 만홧가게로 달려가다가 동네 아주머니의 제보로 적발돼 발이 묶인 후 금단 증상에 시달리고 있었다. 당시에는 게임도 스마트폰도 다양한 티브이 채널도 없었다. 만화책을 통해 '이야기'의 재미에 눈은 떴는데, 달리 대안이 없었다. 원래 정치가도 재벌도 수감생활을 할 때 독서가가 되곤 한다. 독서의 초기 단계에는 다른 유혹을 적절히 차단하는 환경이 도움이 된다는 점은 부인할 수 없다.

그리고 '세계명작전집'의 실체도 생각해볼 필요가 있다. 당시는 아직 어린이문학이나, 아동의 성장 단계에 맞는 독서교육 등이 생소하던 시절이다. '소년소녀 세계명작전집'이란 말 그대로 '세계적'으로 '유명한' 문학작품들을 '소년소녀'들도 읽을 수 있게 어려운 단어, 복잡한 심리 묘사 등은 모두 빼고 길이도 대폭 줄인, 말하자면 줄거리 요약본 같은 것이었다.

생각해보라. 셰익스피어의 그 폭포수같이 현란한 대삿발(?)과 주인공들의 철학적인 독백을 모두 생략한 채 『햄릿』 『리어왕』의 줄거리만 간추려서 적어놓은 것을 어린이가 읽으면 어떨 것 같은가?

내가 그때 읽었던 것은 오밤중에 귀신을 보더니 계속 헛소리하며 우물쭈물 안절부절못하다가 무슨 잔치에서 갑자기 이 사람 저 사람 칼로 찔러 죽이곤 자살하는 왕자 얘기, 딸들에 게 효도를 강요하다가 개고생하는 늙은 왕 얘기였을 뿐이다. '대체 왜 이런 게 엄청 유명한 거지?' 생각했던 기억만 생생 하다.

셰익스피어가 왜 엄청 유명한지는 고등학생이 된 이후에야 비로소 알 수 있었다. 학교 도서관에 셰익스피어 희곡 전집이 있었는데, 무심코 읽다보니 아니, 이 작가의 주인공들은 전부 전생에 말 못해 죽은 귀신이 붙었는지 정말 엄청난 말장난의 고수들이었다. 호레이쇼도, 머큐쇼도, 폴스타프도, 심지어 줄 리엣조차도 대체 입을 쉬질 않는다. 말하자면 김은숙 드라마 적인 재미를 느낀 것인데, 계속 읽다보니 번역본인데도 느껴 지는 대사의 리듬감이 또 매력적이었다. 그제야 '줄거리만 요 약한 셰익스피어'라는 게 얼마나 어이없는 것인지 깨달을 수 있었다.

학급문고인 '계림문고' 등으로도 초등학교 시절 내내 별의 별 '명작'들을 읽어댄 나는 사실 그 명작들이 아니라 그와 다 소 유사하지만 실은 많이 다른, 다운그레이드 버전 요약본을 접했을 뿐인 것이다. 더 큰 후에도 이미 그 책들을 읽었다고 착각해서, 또는 결말을 스포당해서(?) 다시 제대로 된 판본을 읽지 않은 경우도 많은데 아깝긴 하다. 초등학생 때 계림문고로 톨스토이의 『부활』을 읽는다는 게 대체 무슨 난센스였단 말인가(『부활』의 경우 어린 마음에도 병 주고 약 주고 대체 이게 무슨 개소리인가 싶었던 기억만은 남아 있다).

그런데 항상 예외는 있다. 엉터리 번역에 어린이용으로 읽어도 『녹색의 장원』의 신비로운 소녀 리마는 가슴을 설레게 만들었고(상대를 신비화하는 연애물은 의외로 아주 어릴 때부터 먹힌다), 디킨스의 『두 도시 이야기』는 대단했고(사람이 죽어나가는 파란만장한 연애물은 대단해 보이기 마련이다), 뒤마의 『몬테크리스토 백작』은 흥미진진했다(치정복수극은 언제나 먹힌다). 『소공녀』『소공자』가 그리 재미있었던 걸 보면 화려한 부자들 세상에 대한 동경 및 빈부·계급 격차로 인한 울컥함이라는 양가감정은 어리나 늙으나 비슷하다.

이런 걸 보면 왜 주말 드라마가 다루는 이야기들이 늘 비슷비슷한지 알 수 있고, 동시에 왜 서사가 강한 대중문학, 장르문학이 인기가 높은지도 알 수 있다. 어린이도 좋아하는 이야기 구조라는 건 결국 누구나 좋아하는 이야기 구조라는 말이기도 할 테니까.

이야기하다보니 '연령에 맞는 수준별 독서지도'를 권장하고 있는 것 같은데, 그건 아니다. 위에서 투덜댄 것들은 나중에 뭘 좀 알게 된 후의 생각일 뿐이고, 어린 시절의 나는 그 '명작'들 읽기를 충분히 즐겼던 것이 사실이다. 물론 원작자의 의도와 작품에 담긴 철학, 사회 풍자와 비판, 문장의 아름다움 등은 제대로 알 수 없었지만 그 모든 걸 빼고 '줄거리 요약'만 남아 있다 해도 거기에는 최소한 뭔가 다양한 '이야기'가 담겨 있지 않은가. 그것도 남루하고 단조로운 '지금, 여기'가 아닌, 다른 시간, 다른 나라에 사는 나와 다른 사람들의 이야기, 내가 겪어보지 못했고, 앞으로도 겪어보지 못할 것 같은 온갖 이야기들. 꼭 책을 '제대로' 이해해야 하는 걸까? 작품의 시대적 배경, 주제, 사상을 다 꼭꼭 씹어 삼켜 내 것으로 만들어야 책을 읽었다고 할 수 있나? 텍스트는 창작자를 떠난 후에는 어차피 수용자의 것이다. 『리어왕』을 '딸들한테 효도를 강요하다가 개고생하는 늙은 왕 얘기'로 이해했든 어떻든 최소한 그 책들을 읽는 동안에는 나와 다른 다양한 사람들의 입장이 되어볼 수 있었고, 무엇보다 '이야기'라는 것이 얼마나 재미있는지 그 맛을 알기에는 충분했다.

세월이 흐른 후, 아이들을 키우며 관찰해보니 나 때와는 달리 유년기부터 청소년기까지 다양한 읽을거리가 있었다. 그런데 아이들은 그중에서도 미국판 귀신 이야기 시리즈인 『구스범스』니 늘 당하고 사는 소년 이야기 『윔피 키드』 등만 죽어라 읽어댔다. 커가면서는 『해리 포터』 『헝거 게임』 『다이버 전트』 시리즈 등으로 바뀌었다. 나도 별수없는 부모였는지 어느 날 굳이 요즘은 잘 나오지도 않는 세계명작전집을 찾은 끝에 새 책같이 깨끗한 중고 전집을 직거래로 사서 직접 차에 싣고 와서는 애들 방 책꽂이에 차곡차곡 꽂아두었다. 마치 내 어린 시절 친구의 책꽂이처럼, 천장에 닿을 만큼.

인간 세상이 언제나 그렇듯 내가 절실하게 선망했던 것이라 하여 누구에게나 같은 무게를 갖는 것은 아니다. 이중 무엇무엇이 특히 재미있다고 골라서 따로 뽑아놓기까지 해보았지만, 몇 년이 지나도록 아이들의 손길을 받아본 책은 제인 오스틴의 『오만과 편견』이 전부였다(역시 로맨스물, 그것도 빈부 격차를 배경으로 한 것의 위력이란).

내 독서에 대해서는 철저한 자유주의자인 주제에 애들 독서에 대해서는 그래도 뭔가 '제대로 된 책'을 좀 읽어주었으면 하는 걱정을 하던 나는, 아이들이 열심히 읽어대던 『헝거 게임』 등을 가져다 읽어보면서 비로소 깨달을 수 있었다. 내가 어린 시절 그 유명한 '고전 명작'들에서 읽었던 것들이 거기에도 어딘가에 다 있었다. 우정, 유머, 용기, 사랑, 희생, 무엇보다 '이야기의 힘'.

결국 명작이든 고전이든 책은 대체 가능한 매개체에 불과한 것 아닐까. 부모들의 조바심에도 불구하고 아이들은 그 나름대로 즐길 것을 즐기고 흡수할 것을 흡수한다. 뭔가 즐겁게 읽고만 있다면 말이다.

개인주의
성향의 뿌리

　　　　　　　　　일찍부터 책 읽기의 재미에 빠져든
다는 건 삶에 몇 가지 변화를 가져오는 일이다. 중독이라는
것이 다 그렇듯 특히 초기에는 강박적으로 몰입하기 마련이
어서 중독된 대상 이외의 것들에는 무관심해진다. 그래서인
지 나는 읽을 책이 떨어지면 불안 초조해져서 집 구석구석을
뒤진 끝에 전혀 관심도 없는 불교 책, 한자투성이 옛날 책, 심
지어 요리백과사전까지 읽었다. 재래식 화장실에 앉아서는
벽에 붙어 나풀거리는 찢어진 신문지의 광고와 부고까지 읽
었다. 말 그대로 활자중독이었다.

　중독자의 삶이란 게 그렇듯이 인간관계도 끊어진다. 나에

게는 동네 공터나 골목에서 친구들과 공을 차거나 장난감 칼을 휘두르며 칼싸움을 하는 '사내아이' 특유의 유년기가 없다. 친구 집에 놀러가도 그 집 책꽂이부터 뒤지느라 나가 놀자는 친구와 실랑이하기 일쑤였다. 학원도 없던 시절이었기에 아이들에게는 모래알처럼 많은 시간이 있었지만, 읽을 책들도 모래알처럼 많았기에 내게는 시간이 늘 부족했다. 집안 행사로 친척집에 가게 되어도 어색한 인사 후에는 슬금슬금 빠져나와 책이 있는 방을 귀신같이 찾아내서는 집에 가자는 말이 들릴 때까지 틀어박히곤 했다.

도저히 건강하다고는 볼 수 없는 불균형한 유소년기였다. 나도 좋아서 그랬던 건 아니다. 그냥 그렇게 될 수밖에 없었다. 닭이 먼저일까 달걀이 먼저일까. 태어나길 그런 성격이어서 그랬던 것인지, 너무 일찍 책 읽기 중독에 빠졌기 때문에 그렇게 바뀐 것인지는 모르겠다. 어느 쪽이든 무슨 의미가 있겠나.

게다가 책을 읽은 후 그걸 토대로 유의미한 대화를 나눌 상대도 찾기 힘들었다. 또래 친구들 중에 책을 즐기는 애는 많지 않았고, 나는 읽을거리를 찾아 마구잡이로 어른들 책까지 섭렵하고 있었기 때문에 더더욱 그랬다. 혼자만의 세계로 점점 더 틀어박힐 수밖에 없었다.

이렇게 되면 나를 둘러싼 세계에 대한 소속감이 희박해진다. 가족, 학교, 친구들, 친척, 대한민국, 한민족, 심지어 인류. 이 모든 것들 중 무엇도 절대적인 것은 없었다. 하루 중 가장 많은 시간을 보내는 책들 속에는 바깥세상보다 훨씬 다양한 평행세계가 끝도 없이 있었기 때문이다. 그리고 책들 속 세계가 나를 둘러싼 좁고 남루한 세계보다 훨씬 멋있기도 했다.

나는 종일 지금, 여기가 아닌 먼 나라, 다른 시대의 이야기에 빠져들었고, 그러다보니 자연스럽게 내 머릿속에도 온갖 새로운 이야기가 떠오르곤 했다. 걸어 다닐 때도 잠자리에 누워서도 나를 주인공으로 한 말도 안 되는 공상은 끊이질 않았다. 머릿속에서 하루종일 넷플릭스를 시청하고 있었달까.

그러다보니 모든 것을 객관적으로 가만히 관찰하는 버릇이 생기기도 했다. 나를 둘러싼 세계에, 심지어 나 자신의 감정에도 전적으로 몰입하지 못한 채 순간 정신을 차리고는 꿈에서 깨듯 한 발 빠져나와버리는 것이다. 유체이탈하듯. 리모컨 버튼을 눌러 채널을 돌리듯.

다시 한번 말하지만, 나도 이런 성격이 좋았던 건 아니다. 아드레날린 뿜뿜 분비되는 행복감 넘치는 삶을 살기에는 최악의 성격이다. 뭐든 금세 시큰둥해지고, 권태와 우울이 쉽게 찾아온다. 뭐든 쉽게 몰입하고 여기저기 소속감도 잘 느끼는 사람들을 보면 부러울 때가 많다.

그런데 세상 모든 일에는 두 가지 측면이 있기 마련, 반대 급부로 내 인생에 주어진 안전망 같은 것들도 있다. 먼저, 행복해지기 위해 그리 대단한 것들이 꼭 필요한 건 아님을 몸에 익히고 있다는 것이다. 물론 행복이라고 해도 펄펄 끓어넘치고 불꽃놀이처럼 펑펑 터지는 종류의 것까지는 아니다. 그럭저럭 뜨뜻해서 고양이처럼 가르릉거리고 있을 정도의 미지근한 온기다. 그래도 그 정도가 어디 쉬운가.

어린 시절의 나는 책 한 권만 있으면 싫은 상황, 싫은 곳에서도 용케 틀어박힐 구석을 찾아내어 책 속으로 잘도 피신하곤 했다. 거대한 우주선에서 탈출하는 구명정처럼, 내게는 그리 넓은 공간이 필요하지 않았다. 외부와 적절히 차단되는 안온한 작은 공간만 있으면 족했다.

물론 나이를 먹은 지금은 그때보다 훨씬 복잡한 삶을 살고 있지만, 험한 세상이 어떻게 변한다 해도, 내게 무슨 일이 생긴다 해도 최후의 보루 하나는 있다는 생각이 마음 한구석을 든든하게 해준다. 다닐 도서관 하나만 있어도, 서점 하나만 있어도, 몸을 누일 방구석에 쌓아둔 내 취향의 책 몇 권만 있어도.

또 한 가지 안전망은 원치 않는 관계들로 인한 억압에서 나를 지키는 내 나름의 방법이다. 개인주의자니 뭐니 해도 어차피 사회 속에서 살아갈 수밖에 없는 존재가 인간이다. 학교에서도 직장에서도 어떤 인간관계에서도 끊임없이 군기, 서열, 뒷담화, 질투, 무리 짓기와 정치질, 인정투쟁에 시달리곤 했다. 그럴 때마다 나는 『걸리버 여행기』를 떠올렸다.

나는 소인국 릴리퍼트에 표류한 걸리버다(거인국이어도 상관없지만 이왕이면). 저 많은 소인들이 뭐라뭐라 지지배배 짹짹거리며 자기들끼리 나를 놓고 씹고 까불고 있다. 그들은 내가 신경쓰이고 불편하고 굴복시키고 싶고 그런 모양인데, 그건 어차피 그들 문제일 뿐 내 문제는 아니다. 난 어차피 여기 속하지 않으니까. 이들은 이들끼리 왕이니 대장이니 내가 보기엔 소꿉놀이 같은 구분 짓기를 하며 그들만의 소인국에서 경쟁하고 싸우게 내버려두자. 어차피 내가 속하지도 않은 남의 나라에서 이들에게 인정받으면 뭐할 거고, 미움을 받으면 또 어떻겠나. 하물며 '소인국 역사'에 이름을 남기려고 용을 쓴다는 건 또 무슨 짓이겠나.

세상에는 참 다양한 사람들이 있어서 굳이 내 걱정을 해주는 척하며 비아냥대는 사람, 축하해주는 척하며 비틀린 심사를 드러내는 사람, 건설적인 비판을 해주는 척하며 험담하는 사람들이 지치지도 않고 나타나곤 한다. 어릴 적에는 나도 욱

하며 어떻게든 마주 비꼬아주거나 반박하곤 했는데, 언제부터인가 『걸리버 여행기』를 떠올리게 되었다.

내게 정말 필요하고 소중한 사람이 나를 오해하고 있다면 그건 반박하든 해명하든 싸우든 할 가치가 있다. 하지만 대부분의 경우 그런 행동을 하는 사람들은 내 취향의 사람들도 아니고 내 인생에 아무 상관 없는 존재들이다. 그들은 내게 관심이 있으니 험담이든 뭐든 하겠지만 솔직히 나는 그들에게 아무 관심이 없다. 나를 에워싸고 그들의 언어로 떠들어대는 릴리퍼트 소인들일 뿐인 것이다.

그걸 깨닫고 나니 나만의 '험담에 대처하기' 솔루션이 절로 생겼다. 내가 찾은 마법의 단어는 이거다. "그러게(싱긋 미소 지으며)". 상대가 손위인 경우에는 "그러게요(싱긋)". 핵심은 산들바람같이 상쾌해야 한다는 것. 진심으로. 말은 저 한마디 '매직 워드'로 족하다.

머릿속으로 생각해야 할 것은 다음 세 가지 경우의 수 중 어느 것인지다.

① 험담이긴 하지만 일리가 있는 경우: 그래도 감사할 일이다. 내가 놓치고 있는 포인트를 결과적으로 알려준 것이니 면전에서는 싱긋 웃어주고 돌아서서는 잘 생각하여 내게 득 되

는 쪽으로 참고하자.

② 일리는커녕 택도 없는 험담에 불과한 경우: 그냥 싱긋 웃고 인간에 대한 연민을 배우면 된다. 안타깝지만 인간 세상에는 언제나 열등감, 시기심, 콤플렉스, 공격성, 또는 그냥 멍청함이 넘쳐난다. 더불어 살아야지 어쩌겠니.

③ 일리도 없을뿐더러 악의적이며 내게 실제 피해를 끼치는 경우: ……본때를 보여준다. 조용히, 그리고 확실히.

경험상 1번을 넓게 잡고 3번은 좁게 잡는 것이 좋다. 따지고 보면 대부분 2번에 불과하기 마련이지만.

조너선 스위프트는 영국 사회를 풍자하려고 『걸리버 여행기』를 썼다지만 내가 알 게 뭐람. 내게 이 책은 그저 한 장면의 이미지다. 자고 일어났더니 그들이 열심히 그들의 장난 같은 밧줄로 내 온몸을 어설프게 감아놓은 채 의기양양해서는 내 귓전에서 쩍쩍거리고 있는 모습. 이거 시끄러운데 손가락을 튕겨서 저 녀석들을 날려버려 말어? 약자를 보호하라고 배웠는데, 거참.

「처용가」, 그리고
삶에 대한 어떤 태도

어떤 기억들은 유독 선명하게 남아 있다. 「처용가」를 처음 읽었을 때의 기억도 그중 하나다. 봉천동 살던 시절이니 초등학교 4학년 아니면 5학년 때다. 무슨 학생을 위한 역사 이야기 전집 같은 책인데 삽화도 글도 예술이었다. 호동 왕자와 낙랑 공주, 솔거, 천관녀, 온달과 평강 공주, 원효와 의상, 양만춘 등의 이야기가 한 편 한 편 모두 영화를 보는 것처럼 생생했다. 분명히 어린이 내지 소년소녀용 전집일 텐데, 글은 어른들의 성숙한 감정을 섬세하게 묘사하고 있었다. 자존심 강하고 억센 북부(윈터펠?) 여자 낙랑이 뻬딱하게 구는 적국 왕자 호동과 밀당하다가 혼약이 발표되자 감정을 숨기지 못하고 정(사랑, 애정이 아니라 분명히 '정'이라는 표현이었다)이 담뿍 담긴 눈으로 호동을 응시하는 장면, 그리고 이 장면을 읽으며 덩달아 설레던 심정이 지금도 생생하다.

그런데 이 전집 신라편 중에서 처용 이야기에 이상할 정도로 매료되었었다. "다리가 넷"이라는 것이 무슨 의미인지, 아내를 역신疫神에게 빼앗겼다는 말의 의미가 무엇인지 아직 잘 이해하지 못하는 나이였고, 책은 설명해주지 않았다. 여하튼 아내를 빼앗겼다는 것은 피가 거꾸로 솟는 일이라는 정도는 이해할 수 있었다. 그런데 처용은 잠시 응시하더니, 칼부림을 하는 것이 아니라 "빼앗긴 것을 어찌하리오"라고 노래 한 자락 남기고는 춤을 덩실 추는 거였다. 그게 너무나 인상적이었다. 이건 분명히 그때의 나 같은 꼬마가 이해할 수 있는 감정이 아니었다. 그런데도 이유는 알 수 없지만 처용의 그 태도에 매료되고 말았다. 멍하니.

그런 순간이 두 번 더 있었다. 두번째는 영화 〈백조〉에서였다. KBS '명화극장'에서 본 것 같다. 초등학생 주제에 〈애수〉의 비비언 리 등 고전적 미인에 반해 있었던지라 주인공 그레이스 켈리에 홀딱 반하며 보기 시작했다. 가문을 일으키기 위해 왕자와의 결혼에 성공해야 하는 가난한 공주 그레이스 켈리. 그런데 이놈의 왕자 앨릭 기니스는 친절하고 예의바르지만 그레이스 켈리의 미모에 무심하기만 하다. 그 와중에 미남 가정교사와의 로맨스에 고뇌하는 공주. 가문과 가족을 버리고 사랑을 좇아야 하나 질풍노도의 순간들이 지나고 결국 연인과 이별을 맞는데…… 영화는 그때까지 이 모든 것을 지켜보기만 하던 왕자 앨릭 기니스가 모든 것을 포기한 공주에게 다가가서는 우아하게 에스코트하고 자신의 세계로 이끄는 라스트신으로 끝난다.

나는 이 라스트신의 앨릭 기니스에게 완전히 매료되어 그레이스 켈리의 미모조차 다 잊어버리고 말았다. 사실 영화 내용은 대충 희미하게만 생각나고 이 라스트신만 선명하게 기억한다. 신분의 격차를 넘어 공주의 사랑을 얻기 위해 분투하는 가정교사가 원래 남자 주인공인데, 그 친구는 얼굴도 무엇도 생각나지 않는다. 그저 자기와 혼담이 오가는 공주의 이 질풍노도를 한 발짝 뒤에서 지켜만 보다가 마지막 순간에 아무것도 묻지 않고 조용히 손을 내미는 앨릭 기니스만 뇌리에 남아 있을 뿐. 아니 질풍노도 사춘기 초입의 사내 녀석이었던 나는 엉뚱하게도 왜 이런 것에 매료되었던 걸까.

마지막은 고등학생이 되어 읽은 황석영의 『장길산』의 한 장면이다. 광대 마을 우두머리 손돌 노인은 오갈 데 없는 처자 묘옥을 거두어 보살펴주다가 묘옥이 장길산에 대한 연정으로 길을 떠나자 가진 모든 패물을 봇짐에 넣어준다. 그녀가 떠난 후 손돌 노인은 초가집에 불을 놓고 한바탕 마지막 광대 춤을 추고는 "잘 놀다 가우"라는 말을 남기고 초연히 불로 뛰어든다. 표현하지 못한 연정과 함께 말이다. 이 장면은 나중에 백성민 화백의 만화로 볼 때도 마음을 사로잡았다.

이 세 장면에 왜 소년 시절의 내가 그리도 매료되었는지 알 것도 같고 모를 것도 같지만, 지금 와서 가만히 생각해보면 그저 삶을 바라보는 어떤 한 '태도'에 본능적으로 매력을 느꼈었던 것 같다.

집착하지 않고, 가장 격렬한 순간에도 자신을 객관화할 수 있고, 놓아야 할 때에는 홀연히 놓아버릴 수 있는, 삶에 적절한 거리를 둘 수 있는 그런 태도랄까. 그렇다고 아무런 열망도 감정도 없이 죽어 있는 심장도 아닌데 그 뜨거움을 스스로 갈무리할 줄 아는 사람. 상처받기 싫어서 애써 강한 척하는 것이 아니라, 원래 삶이란 내 손에 잡히지 않은 채 잠시 스쳐 가는 것들로 이루어졌지만 그래도 순간순간 눈부시게 반짝인다는 것을 알기에 너그러워질 수 있는 사람. 그런 사람이 아주 드물다는 건 어린 시절에도 충분히 짐작할 수 있었기에 동경할 수밖에 없었던 것 아닐까. 어릴 때부터 어떤 결핍도 없이 세상이 모두 나를 위한 커다란 선물 상자 같기만 했던 이들은 도무지 이해할 수 없을지도 모르지만.

　물론 동경한다고 해서 내가 그런 사람인 것도, 내 삶에서
그런 태도를 견지해온 것도 아니다. 원래 동경이란 그런 것
이다.

정독도서관
독서교실

　　중학교 2학년 여름방학 때, 정독도
서관의 독서교실에 다니게 되었다. 가고 싶어서 간 건 아니었
고, 인근 학교들에 몇 명씩 인원이 배정되어 강제 차출된 것
이었다. 책이야 각자 알아서 읽으면 되는 거지 독서교실은 무
슨 놈의 독서교실이람. 툴툴거렸지만 어차피 나는 불의를 질
끈 잘 참는 아이였다. 무섭다기보다 귀찮아지는 게 싫어서.

　독서교실에서 같은 책상을 쓰는 6명조에 인근 여중에서 온
중3 누나가 있었다. 단아하고 차분한 그런 학생이었다. 책보
다 그 누나 얼굴을 훔쳐보는 시간이 점점 늘어갔다. 서로 책
이야기를 나누곤 했지만, 항상 조금씩 서먹했다. 나는 언제부

터인지 툴툴거리지 않았다. 남들과 함께 앉아서 읽는 것도 그리 나쁘진 않았다. 『이반 데니소비치의 하루』와 『즉흥시인』을 인상 깊게 읽은 기억이 난다.

여름은 빨리도 지나고, 독서교실도 마지막날이 되어 장기 자랑 시간을 가졌다. 뭐, 늘 그렇듯 썰렁 개그와 약장사가 난무했다. 그런데 언제나 주변에 사람들을 시끌벅적 몰고 다니던 나이키 잠바에 나이키 운동화를 신은 중3 형이 나와서 부른 노래는,

"……기도하는!"

"까악~"

……용필이 오빠의 〈비련〉이었고, 장내는 광란의 분위기.

앙코르의 외침 속에 여유 있게 장내를 정리한 형은, "이번에는 노래 말고 춤을 잠깐 줄게요" 하더니, 무슨 〈젊음의 행진〉에 나오는 '짝꿍'처럼 허슬/디스코 춤을 엉덩이를 흔들어대며 추기 시작했다. 곁눈으로 그 누나의 얼굴을 훔쳐보았는데, 그녀는 눈동자가 하트 모양이 되어 있다거나 하지는 않았다. 그냥, 조용히 웃고 있었다.

나는 뭘 했냐고?

다 한 가지씩 해야 하는 분위기에서 어쩔 수 없이 끌려나가

서는, 머리가 하얗게 된 상태에서 할 줄 아는 것은 없고 몇 초 멍하니 서 있다가…… 무려 '시'를 암송했다. 집에 굴러다니던 삼촌의 '세계의 명시선' 어쩌구 하던 해적판 책에서 열심히 읽었던.

금빛 은빛 무늬 든

하늘의 수놓은 융단이

밤과 낮과 어스름의

푸르고 침침하고 검은 융단이 내게 있다면

그대의 발밑에 깔아드리련만

나 가난하여 오직 꿈만을 가졌기에

그대 발밑에 내 꿈을 깔았으니

사뿐히 걸으소서, 그대 밟는 것 내 꿈이오니

_W. B. 예이츠, 「하늘의 융단」

……"기도하는!" "꺄악~" 다음에 말이다.

그래도 당시의 중학생들은 스파르타식 교육 때문인지, 쉽게 누굴 구타하거나 하진 않았다. 얼굴이 빨개져서 들어와 앉은 난, 그 누나를 흘깃 훔쳐보았다. 그녀는 깔깔대거나 수다 떨고 있는 학생들 틈에서 왠지 진지한 표정으로 내 쪽을 쳐다보고 있었다.

가슴이 뛰고 머리가 멍했다.

모든 행사가 끝나고 작별인사를 나눈 후 다들 집으로 가는데, 나는 골목길 많은 효자동의 길모퉁이에 괜히 서 있었다. 실은 그 누나를 기다렸다. 마주쳐봐야 잘 가라고 인사나 한 번 더 했겠지만. 한참 만에 나타난 누나에겐 동행이 있었다. 예상하셨겠지만, '기도하는!'. 얼른 숨어서 지켜보는데, 둘은 원래 어릴 때부터 친하게 지내던 친구 사이 같았다. 약간 구강 돌출형의 '기도하는!'은 계속 오두방정을 떨어대며 수다를 떨고 있었고, 조용한 누나는 미소를 띤 채 그 수다를 들어주며 걷고 있었다.

……홀로 돌아가는 골목길에 개똥은 왜 그렇게 많은지. 젠장, 시청은 세금으로 다 뭐하는 거람.

그날 밤, 비틀스의 〈걸〉을 백만 번 들었던 것 같기도 하다.

호르몬 과잉기의
책 읽기

　　　　　　　사춘기의 호르몬 폭탄은 독서 취향
에도 많은 영향을 미쳤다. 파격적 베드신이 난무하는(당시로
서는) 정을병의 소설 『이브의 건넌방』을 읽고는 흥분한 나머
지(위아래로) 비슷하게 엉큼한 소년이었던 친구 녀석에게 침
을 튀기며 자랑했던 기억이 있다. 그러고는 비슷한 보물을 찾
아 헌책방을 뒤지고 도서관 한국소설 코너를 뒤지곤 했다. 집
구석구석에 방치된 낡은 책들도 꼼꼼하게 다시 체크했다. 설
마 어린 녀석이 이런 것에 눈독 들일 거라곤 생각 못해보신
부모님 덕에 조선시대 포르노 『고금소총』에 성 지침서 『소녀
경』까지 읽었으니 말 다했다. 『소녀경』이 최고의 섭생법으로

몇 번이고 강조한 '접이불루接而不漏'는 아직도 기억난다. 어차피 접接할 방법이 없는 사춘기 소년의 마음은 블루blue일 뿐이고……

『이브의 건넌방』의 영향으로 한국소설에 대한 왜곡된 기대감을 갖게 된 나는 노총각 삼촌이 한 장도 안 읽고 깨끗이 방치하고 있던 한국문학대전집까지 읽게 되었다. 야한 장면은 기대보다 부족했지만 '남주' '여주'의 연애 장면들만 나와도 충분히 가슴이 뛰곤 했다. 출간된 지 이십 년도 넘어 보이던 낡아빠진 김동인전집도 역시 무협지 겸 하이틴 로맨스 역할을 톡톡히 해주었다. 특히 『젊은 그들』은 사춘기 소년에게 너무나 가슴 뛰는 내용이었다. 대원군을 추종하는 비밀결사 활민당의 소년 검객 재영과 남장 소녀 인화가 첫 키스하는 장면에 얼마나 감정이입이 되던지……

그러다 「광화사」 「광염소나타」를 읽고는 중2병의 극치인 유미주의, 예술지상주의에 심취하여 오스카 와일드의 『살로메』까지 어떻게 빌려다 읽고는 순진한 여자 교생 선생님의 독후감 숙제에 예술적 천재에게 마소나 다름없는 범인들의 도덕 따위 필요 없다 운운의 망발을 적기도 했다. 결과는 정서불안 중2에 대한 교생 선생님의 진심 어린 정신상담과 가정환경상담.

물론 어차피 어떤 고전 명작이든 사춘기 사내아이의 눈에는 오로지 어른들의 성과 연애를 엿볼 기회였을 뿐이다. 별다른 매체가 없던 시절, 문학만이 소년의 성적 호기심 충족 수단이었으니까. 양주동판 『국어대사전』 구석구석을 집요하게 뒤져 지, 지, 지 자로 끝나는 말부터 소설에 나오는 '용두질' '공알' 운운의 고급 용어까지 습득하기도 했습지요.

특히 방금 얘기한 한국문학대전집은 꼭꼭 숨겨진 어른들의 세계를 보여주는 천일야화였다. 이광수 할배 같은 도덕 선생류 소설은 금방 휘리릭 넘기고 치운다. 지금까지도 기억에 남는 명작은 이효석의 『화분』. 뒤라스의 『연인』보다 백배는 더 퇴폐적이고 관능적이었다. 일제 치하 부유층의 퇴폐적인 사생활, 동성애 코드, 유사 근친상간 느낌을 주는 관계까지…… 그 탁월한 묘사력과 나른한 문체. 현대적이고 세련된 작품이었다.

전집 진도가 나감에 따라 6·25 전후문학을 통해 송병수의 「쇼리 킴」 등 전쟁으로 청순한 누나가 '양공주'로 전락한 시대적 비극을 묘사한 작품을 보고(근데 어디에 집중해서 본 거니), 장용학의 『원형의 전설』에서 신화적인 모티프로 사용되는 근친상간에 집중하여 보면서도 부수적으로 공산주의와 자본주의, 사회주의와 자유주의의 이념을 변증법적으로 극복하려는 후진국 지식인의 고뇌를 엿보게도 되고, 김승옥의 「서울 1964년 겨울」에서 물론 '버스에서 본 여자 아랫배가 숨쉬느라 부드럽게 꿈틀거리는 모습을 사랑한다'는 대화를 가장 집중해서 읽으면서도 막연히나마 그 비극적 시대의 낙오자 정서에 젖어보게도 되었다.

고전을 읽어야 하는 이유를 새삼 깨닫기도 했다. 고전문학전집을 뒤적이다가 『춘향전』 원본을 발견하여 무심코 펼쳐보았는데, 손에 신기라도 있었는지 하필이면 펼친 곳이 '도련님춘향 옷을 벗기려 할 제 넘놀면서 어룬다' '흐르룽 흐르룽 아웅 어루는 듯'.

워후, 국어 교과서에 '절개' 및 '탐관오리 징벌' 중심으로 후반부 일부만 발췌되어 실린 『춘향전』은 그 진가의 십분의 일도 담지 못한 것이었다! 『춘향전』을 읽고 감명을 받은 나머지 어린 시절 읽은 줄거리 요약 버전 말고 원본을 찾아 읽은 작품이 있으니 『로미오와 줄리엣』이다. 첫날밤을 앞두고 '숫처녀와 총각이 씨름하여 이기고도 지는 법'을 궁금해하는 줄리엣의 독백이 흥미롭기는 하지만, 역시 우리 것은 소중한 것이었다. 『춘향전』의 압승이다. 그래도 초등학생 때 읽은 '클린' 버전 셰익스피어는 살코기 빼고 뼈도 빼고 허여멀건 국물에 불과했었다는 점은 충분히 알 수 있었다. 이래서 감독판 DVD

를 봐야 하는 법이다.

　서포 김만중의 『구운몽』을 넋 놓고 읽었던 기억도 난다. 교과서에는 속세의 부귀영화와 정욕이 한낱 물거품에 불과한 헛된 것임을 주제로 한 작품이라고 쓰여 있었는데, 실제 읽어보니 헛되기는 무슨. 양소유가 첫 여인 진채봉과 만나는 대목부터 "흐트러진 머리카락은 귀밑으로 흘러내렸고 옥비녀는 기울어져 있었다. 눈가는 아직 잠이 덜 깬 듯하고, 뺨에는 연지가 반쯤 지워져 있었다. 하늘이 낸 듯 어여쁜 자태는 말로 형용할 수도 그림으로 그릴 수도 없었다"[1] 등등 관능적인 묘사가 굽이굽이 이어진다. 아니 김만중 선생님, 헛된 것에 불과하다면서 어찌 이리 생생하고 감각적으로 잘도 그려내시는지요. 선천宣川 유배지에서 지으셨다던데 혹시 유배지의 밤이 너무나 길었던 것은 아닌지요. 여하튼 남주 양소유는 우아하게 가만히 있는데 팔선녀와의 인연이 연이어 너무도 쉽게 이어진다. 여인 쪽에서 은밀히 자신의 집으로 청하고, 스스로 유모를 보내 청혼하고, 아닌 척 찾아와 동침하고…… 불경스럽지만 이건 포르노 영화의 구조와도 비슷하다. '효성이 지극했던 김만중이 모친을 위로하기 위하여 지었다는데 대체?'라는 물음표를 간직한 채 탐독하며 작품의 주제와는 반대로 이렇게 신나게 살 수만 있다면 누릴 것 다 누린 후에 불가에 귀의하든 뭐를 하든 아쉬움은 없겠구나, 하며 *끄덕끄덕*했던 기억이 생생하다.

관심은 서양문학으로도 이어져 스탕달의『적과 흑』, 모파상의『벨 아미』, 라클로의『위험한 관계』를 읽으며 프랑스의 양 소유들을 손에 땀을 쥐며 응원…… 까진 아니고 흥미진진하게 지켜보곤 했다. D. H. 로런스의『채털리 부인의 사랑』을 읽고는 큰 감명을 받은 나머지 기대감에 차서 플로베르의『보바리 부인』을 읽었는데, 제목에 '부인'이 있다고 다 비슷한 것은 아니더라.

사춘기 사내 녀석의 과잉분비되는 호르몬이란 그 위력이 실로 대단한 것이어서 세계문학사에 난해한 작품으로 손꼽히는 제임스 조이스의『율리시스』조차 완독하게 만들었다. 의아하게 생각되는 분은『율리시스』제18장 '침실/페넬로페'를 읽어보시면 이유를 알 수 있을 것이다(참고로『율리시스』는 발간 당시 미국에서 외설 문서로 판금 처분을 받고 소각당하기까지 했던 작품이다).

……어째 이야기가 길어질수록 나 자신을 변태 소년으로 묘사하며 제 무덤을 파고 있는 것 같아서 이쯤에서 줄인다. 변명 같지만(이렇게 말하니 진짜 변명 같네) 성性뿐만 아니라 가슴 콩닥거리는 연애 이야기 역시 사춘기 소년에게 중독성

있는 것이었다.

"그에게서는 언제나 비누 냄새가 났다"로 시작하는 강신재의 「젊은 느티나무」를 여학생들 할리퀸 로맨스 읽듯이 가슴 설레며 읽고, 손소희의 『남풍』에서 세영과 남희의 기구한 사랑에 멍해지고, 박화성의 『태양은 날로 새롭다』를 보며 통속적인 신파 드라마 같다고 느끼면서도 여자 캐릭터들이 다 이쁘고 매력적인 것처럼 묘사되어 남주인공에 감정이입하며 열심히 읽기도 하고.

같은 맥락에서 가장 감동적이었던 연애소설은 시엔키에비츠의 『쿠오바디스』였다. 기독교 소설 아니냐고? 천만에. 리기아가 중상을 입은 비니키우스를 간호하며 어떻게든 전도해보려고 그리스도의 진리 외에는 생명이 없다는 말을 하자 비니키우스가 갑자기 그녀의 앞치마에 얼굴을 묻으며 "당신이 나의 생명입니다!"라고 외치는 장면을 보라. 오만하고 독선적이던 재벌 2세가 여주 때문에 사랑에 눈을 뜨는 그 숱한 한류 드라마 어느 명장면보다도 찌릿찌릿하다. 오죽하면 그 독실하던 리기아조차 저 신성모독적인 대사를 듣고는 '머리에서 발끝까지 환희에 떨며' 자기도 모르게 비니키우스를 끌어안게 되지 않는가. 리기아와 비니키우스가 결국 사랑에 빠지게 되기까지의 장면들이 너무나 달콤하고 가슴 설레서 몇 번이

나 되풀이하여 읽곤 했다. 게다가 『쿠오바디스』에는 딱 내 취향의 시니컬하고 우아한, 모든 것에 적당히 거리를 두는 남자 페트로니우스도 나오고, 퇴폐와 향락의 극치인 로마 궁정 문화의 묘사도 생생하다. 애정할 수밖에 없었던 작품이다.

『구운몽』도 그렇고 『쿠오바디스』도 그렇고 난 저자의 의도나 작품 주제와 관계없이 세속적이고 감각적이고 관능적인 것들에 매혹되곤 했다. 헤세의 『지와 사랑』을 읽으면서도 너무나 당연히 나는 늘 유혹에 빠지고 사고를 치고 자유분방한 골드문트 쪽이었다. 경건하고 정신적이고 종교적인 나르치스는 매력적이지 않았다. 영원하고 초월적인 것 따위가 왜 매력적이란 말인가. 그건 활활 타오르는 불꽃이 다 꺼진 후의 회색 잿더미에 불과하다. 덧없고 유한하고 표피적인 감각에 불과한 것들이야말로 바로 그렇기에 애가 타도록 매력적인 것이다.

이것이 사춘기, 호르몬이 이끄는 책 읽기였다. 프로이트가 보면 딱 좋아하면서 역시 리비도란 인간의 삶을 이끄는 에너지라고 설명하겠지. 하긴 강력하게 이끌긴 하더라. 요즘 아이들처럼 대입 자소서에 쓰기 위해, 수능 국어시험 대비를 위해 강제로 필독 문학작품들을 읽고 주제, 소재, 시대적 배경, 관련 문학사조를 외워야 한다면 그렇게 열심히 읽었을 리도 없고, 이 나이를 먹도록 그때의 생생한 흥분과 설렘의 감각이 남아 있을 리도 없다.

게다가 호르몬 과잉 사춘기 소년은 불순한 동기로 어른 책들을 마구잡이로 읽어댔지만, 그 과정에서 부수적으로 자기도 모르게 체득하는 것들이 있더란 말이다. 우리의 비극적인 근현대사, 처절한 가난의 고통, 다양한 인간 군상의 모습, 작가마다 다른 문체의 매력, 이야기의 흡입력, 글의 맛과 멋.

책을 고르는
나의 방법, '짜샤이 이론'

늘 읽을 책을 찾아 헤매던 어린 시절과 달리 요즘은 책이 너무 많아서 외려 읽을 책이 없는 아이러니에 빠질 때가 많다. 아직 못 본 책들도 무수한데 매일 신간이 쏟아져나온다. 상 받았다는 책은 왜 이리 많으며, 여기저기서 추천하는 책은 또 왜 이리 많은지. 베스트셀러 코너에 꽂혀 있다 해서 꼭 재미있는 것도 아니고, 유명한 사람이 썼다고 꼭 볼만한 것도 아니더라. '내 취향의 책'을 찾는 노하우가 필요한 시대다.

내가 찾은 가장 성공 확률이 높은 방법은 단순하다. 일단 읽어보는 거다. 물론 일부분만 맛보기로. 한 30페이지 정도 읽어봐서 재미있으면 사서 읽곤 한다(이제 30페이지 훨씬 넘었으니 여러분도……). 가끔 실패할 때도 있지만 그 정도 읽어서 읽을 만했던 책은 마저 읽어도 후회 없는 편이다. 짜샤이가 맛있는 중식당은 음식도 맛있더라. 예외 없이. 신기하게도.

내 경우 책 고르기에도 '짜샤이 이론'이 통하는 이유는 간단하다. 한 권의 책이 갖고 있는 많은 요소 중에서 나는 유독 문체에 좌우되는 편이다. 문장이 내 취향인 글은 내용이 아무리 시시해도 술술 읽게 된다. 반대의 경우 아무리 내용이 훌륭해도 결국 견디지 못하고 덮는다. 방금도 책 두 권을 폈다가 5분 만에 둘 다 덮었다. 하나는 너무 거창한 관념어가 빽빽하게 들어찬 포르테 범벅의 글, 또하나는 너무나 뻔하고 익숙한 언어의 반복이라 특별함이라곤 한구석도 없는 글.

책을 덮고 내 취향의 글이란 뭘까 생각해봤다.

- 어깨에 힘 빼고 느긋하게 쓴 글.
- 하지만 한 문단에 적어도 한 가지 악센트는 있는 글.
- 너무 열심히 쓰려고 애쓰지 않았는데 잘 쓴 글.
- 갯과보다는 고양잇과의 글.
- 시큰둥한 글.

- 천연덕스러운 깨알 개그로 킥킥대게 만드는 글.
- 이쁘게 쓰려고 애쓰지 않았는데 촌스럽지도 않은 글.
- 간결하고 솔직하고 위트 있고 지적이되 과시적이지 않으며 적당히 시니컬한 글.

이런 스타일의 글이라면 화학자들의 사생활에 관한 책이든 코털 가위 제조업계의 흥망성쇠에 관한 글이든 즐겁게 읽을 준비가 되어 있다. 좋고 이쁜 것만 보고 살기에도 짧은 인생인데 굳이 읽기 싫은 글을 이름값 때문에 힘겹게 읽으며 사서 고생할 필요 있나 싶다.

말난 김에 내 취향의 글을 쓰는 작가들을 떠올려보자면 역시 맨 처음 떠오르는 건 하루키다. 하루키는 다들 아다시피 소설 외에도 온갖 소소하고 시시한 일상에 대한 수필들을 많이도 써내곤 하는데, 일단 펼치기만 하면 아무 생각 없이 킬킬대며 계속 읽게 된다. 그가 쓰는 책이라면 팬티 개는 법이든 뭐든 읽을 것 같다. 하루키에 대해서는 할 얘기가 꽤 있으니 뒤에 따로 얘기하기로 하고 일단 여기까지.

국내 작가로는 우선 김연수가 떠오른다.

그간 전문적으로 자전거를 분실당한 결과, 나는 자전거를 분실

당한 사람의 멘탈이란 '왜 하필이면 내 자전거를!'과 '설마 그럴 줄이야!' 사이에서 서서히 붕괴한다는 걸 깨달았다. 그 이유는 자전거 도둑이란 바로 옆에 버려둔 자전거가 수십 대 방치돼 있는데도 꼭 잘 타고 다니는 자전거만을 훔쳐가고('왜 하필이면 내 자전거를!'), 정말 기상천외한 방법을 동원하는 게 아니라 충분히 예상 가능한 방법으로 훔쳐가며('설마 그럴 줄이야!'), 새로 산 자전거나 최근에 손을 본 자전거만 훔쳐가기 때문이다('왜 하필이면 내 자전거냐고!').

그런 점에서 자전거 도둑들은 내러티브를 상당히 중시하는 자들인지도 모르겠다. '왜 하필이면!'과 '설마 그럴 줄이야!'를 번갈아가며 느낄 때, 독자들은 이야기 속의 주인공에게 빠르게 감정이입하니까. 이게 무슨 뜻인지는 『테스』 같은 명작을 읽어보면 알 것이다. 모든 불행은 왜 하필이면 가장 행복해지려는 바로 그 순간에 일어나는 것일까? 분위기가 이상야릇하게 돌아간다고 생각하긴 했지만, 설마 그럴 줄이야! '왜 하필이면!'과 '설마 그럴 줄이야!'를 적절하게 사용하면, 누구라도 '테스'로 만들 수 있다. 그렇게 해서 그 일요일 저녁, 일산의 자전거 도둑은 나를 '테스'로 만들어버렸다.[2] (『소설가의 일』 중에서)

김연수의 상 받은 유명한 작품들보다 이런 소소하고 귀여운 문장들이 더 내 취향이다. 소설집 『사월의 미, 칠월의 솔』의 첫 작품 「벚꽃 새해」는 단편 영화 한 편을 보는 듯 단아하고 사랑스러운 글인데, 어느 한 부분을 오려낼 도리가 없으니 한번 읽어들 보시라.

나는 왠지 김연수 하면 동시에 김영하가 같이 떠오른다. 아까 '고양잇과의 글'을 좋아한다고 했는데, 김연수가 수줍고 순둥순둥한 고양이 느낌이 강하다면 김영하는 성격 나쁘고 까칠한 고양이 같아서 매력 있다. 김영하의 글은 감성 과잉이라고는 '1도 없는' 쌀쌀맞음과 감탄스러울 정도의 이지적인 매력이 특징이다. 특히 뭔가의 핵심을 논리적이고도 쉽게 설명하는 능력이 대단하다. 대치동에서 학원 강사를 했으면 일타 강사가 되었을 것임에 틀림이 없다. 〈알쓸신잡〉을 봐도 내로라하는 말발의 선수들 사이에서 가장 군더더기 없이 핵심을 유려하게 이야기하는 건 김영하더라.

그래도 만약 '내 취향의 글들 프로듀스 101'을 벌인다면 제일 높은 의자에 앉을 이는 스티븐 핑커다. 세계적인 석학인 그가 풀어내는 풍성한 콘텐츠 자체가 압도적이기도 하지만, 그의 문장 자체가 갖는 독자적 매력이 있다. 명료하고 간결하며 지루할 틈을 안 준다. 흥미로운 예화를 적재적소에 잘도 꺼내든다. 그중에서도 최고의 매력은 시니컬한 유머 감각이다. 인류의 폭력성, 역사, 본성 등 거창한 주제를 다루면서도 아무렇지도 않게 툭툭 농담을 던진다. 내 취향 그대로다. 어깨에 힘 빼고 썼고, 시큰둥하며, 적재적소에 악센트가 있으며, 천연덕스러운 깨알 개그가 있다. 그의 대작 『우리 본성의 선한 천사』는 '고양잇과의 글' 중에서도 최고봉이다. 애송이 고양이가 아니라 달관한 표정으로 나른하게 〈메모리〉를 부를 것 같은 고참 고양이다. 인용 허가를 받기 어려워 여기에서 직접 소개하지 못하는 게 아쉬울 따름이다.

그의 다른 대작 『빈 서판』 역시 흥미진진하다. 도덕적 원칙주의 때문에 불편한 과학을 고집스럽게 거부하고 공격하는 학자들에 대해 집요할 정도로 끈질기게 근거를 제시하며 비판한다. 곳곳에서 '쯧!' 하며 혀를 차다가 다시 마음을 다잡고 차근차근 설득해보려 애쓰는 핑커의 모습이 보여서 킥킥대게 된다.

이번에는 '내 취향' 운운이 아니라 '동경'이 더 정확한, 그런 글이다. 그 동경이 여실히 드러난 증거(?)도 남아 있어 민망하다. 예전에 모 매체에서 책 추천 글을 의뢰받아 몇 권을 소개한 적이 있다. 다른 책에는 주저리주저리 소개글을 썼는데, 한 책은 그냥 책 안의 두 구절을 소개한 후 딱 두 문장만

적었다.

무슨 설명이 필요하랴. 우리의 모국어는 이렇게 서늘하게 아름다울 수 있는 것이다.

내가 소개한 두 구절이다.

어떤 사람에게는 눈앞의 보자기만한 시간이 현재이지만, 어떤 사람에게는 조선시대에 노비들이 당했던 고통도 현재다. 미학적이건 정치적이건 한 사람이 지닌 감수성의 질은 그 사람의 현재가 얼마나 두터우냐에 따라 가름될 것만 같다.[3]

사람들이 자유롭고 평등하게 사는 세상을 그리워했다. 이 그리움 속에서 나는 나를 길러준 이 강산을 사랑하였다. 도시와 마을을 사랑하였고 밤하늘과 골목길을 사랑하였으며, 모든 생명이 어우러져 건강하고 행복하게 사는 꿈을 꾸었다. 천년 전에도, 수수만년 전에도, 사람들이 어두운 밤마다 꾸고 있었을 이 꿈을 우리가 안타깝게 꾸고 있다. 나는 내 글에 탁월한 경륜이나 심오한 철학을 담을 형편이 아니었지만, 오직 저 꿈이 잊히거나 군소리로 들리지 않기를 바라며 작은 재주를 바쳤다고는

말할 수 있겠다.[4] (황현산의 『밤이 선생이다』 중에서)

나는 기본적으로 탐미적인 글을 즐기지 않는다. 자기도취적인 글도 잘 견디지 못한다. 시흥에 도도하게 취하여 미문을 연이어 토해내는 글은 질색이다. 김훈의 글조차 『칼의 노래』는 좋아하는데 『자전거 여행』은 끝까지 읽지 못했다. 물론 평가의 문제가 아니라 개인적 취향의 문제다. 그런 점에서 앞서 내가 쓴 한마디 중 핵심은 당연히 '서늘하게'다.

민망한 고백을 하자면, 난 『밤이 선생이다』에 너무나 푹 빠진 나머지 다른 책 소개글조차 평소 내 스타일('내가 감히 무슨 작가랍시고 오버할 순 없고 아마추어답게 용건만 간단히')과 완전히 다르게 쓰고 말았다. 아래 글은 김영갑의 『그 섬에 내가 있었네』를 소개하기 위해 쓴 글이다.

이 책의 제목은 과거형이다. 그렇다. 김영갑은 그 섬에 있었다. 기적같이 아름다운 제주 중산간 들녘에 있었다. 여명이 다가오는 풍만한 오름을 홀로 오르고 있었다. 연인도 혈육도 떨치고 사진기 하나에만 목숨을 걸고 있었다. 비바람만 겨우 피하는 단칸방에서 필름 살 돈을 남기려 굶주림을 참고 있었다. 365일, 24시간 천변만화千變萬化하는 섬 구석구석의 아름다움을 남김

없이 탐하며 들짐승마냥 산중을 헤매고 있었다. 끼니를 굶으며 매년 아무도 초대하지 않는 개인전을 열고 있었다. 그렇게 20년을 섬 속의 작은 섬이 되어 있었다.

그리고 하루하루 죽어가고 있었다. 루게릭병으로 시한부 삶을 선고받고 치료를 거부하며 몸의 근육들이 녹아 없어지는 것을 견디고 있었다. 그러고는 중산간 마을 폐교를 빌려 자기 묘지, 갤러리 두모악을 돌 한 덩이씩 모아 만들고 있었다. 그리고 투병 6년 만에 자기 손으로 만든 그곳 마당에 뼛가루가 되어 뿌려졌다. 그렇다. 김영갑은 그 섬에 있었다. 이 책은 그의 유혼幽魂이다.

감히 선생의 문체를 흉내내본 셈인데, 역시 어깨에 힘 빡 들어간 아마추어의 과욕이 느껴져서 민망할 따름이다(물론, 그럼에도 불구하고 굳이 소개하는 건 '아마추어로서는 나름 잘 쓰지 않았어요?' 하는 투명한 속셈). 팬심이었다. 선생의 명복을 빈다.

그런데, 책을 고르는 '짜샤이 이론'을 얘기하려다 어느새 내 취향의 글들을 덕후 기질 드러내며 신나게 소개하느라 왠지 좀 너무 멀리 간 것 같다. 그만큼 입에 착착 들러붙는 짜샤이

들이었다. 서점에서 책을 뒤적거리다 내 취향의 글을 발견할
때의 쾌감은 대단하다. 다른 책들은 억지로 꾸역꾸역 입에 쑤
셔넣는 느낌이라면, 문체가 내 취향인 책은 잘 만든 메밀국수
면발이 호로록 넘어가듯 페이지가 술술 넘어간다. 그 재미 때
문에 서점 들르기를 멈출 수가 없다.

함께 읽기의 매력

　　　　　　　　　　짧았던 정독도서관 독서교실의 기억
은 드라마 〈미스 함무라비〉 대본에 써먹기도 했다(물론 '기도
하는!'은 굳이 등장시키지 않았지만). 책보다 딴 데 정신이 팔려
있었는지 그때 독서교실에서 책을 가지고 대체 뭘 했던 것인
지는 도통 기억이 나지 않는다. 뭔가 토론도 하고 했을 텐데.
　책을 매개로 한 상호작용, '함께 읽기'의 매력을 제대로 느
낀 것은 그로부터 오랜 시간이 지난 후였다. 2013년, 인천지
방법원에서 부장판사로 근무할 때였다. 젊은 판사들이 독서
모임을 만드는 중이라면서 내게 회장을 맡아달라는 제안을
해왔다. 그때는 내가 책을 쓰기 전이었는데, 법관 게시판에 종

종 첫 책『판사유감』의 모태가 되는 이런저런 글들을 쓰던 때였다. 판사들이 독서 모임을 만들겠다고 하니 뭔가 대단한 모임인가보다 싶어 쫄린(?) 나는 일단 방어부터 했다. 잡글을 쓰는 취미가 있긴 하지만 별 대단한 책을 읽어온 것도 아닌데 괜찮겠느냐고 물으니 상관없단다.

만나보니 모임의 주축은 아이 키우랴 야근하랴 쉴 틈이 없는 삼십대 워킹맘 판사들이었다. 매달 하루라도 온전한 자기 자신으로 돌아가고 싶은 절실함이 만든 모임이란다. 한 판사가 멋들어진 이름까지 지었다. '북홀릭bookholic'. 매달 책을 한 권씩 정해 읽은 후 점심을 먹으며 편하게 수다를 떨고, 다음달에 읽을 책은 회원들이 추천한 책 중에서 다수결로 선정했다.

모임에 나가본 후, '별 대단한 책을 읽어온 것도 아닌데' 운운했던 내 생각이 어리석은 선입견이었음을 알게 되었다. 북홀릭 회원들이 함께 읽은 책 중 가장 열광적인 반응이 있었던 것은『꾸뻬 씨의 행복 여행』이었다. 솔직히 이 모임에 나가지 않았다면 나 스스로 사서 읽어보았을 리가 없는 책이다. 읽고 난 후에도 너무 뻔하고 무난한 인생론을 담은 어른을 위한 동화 아닌가 하는 것이 내 감상이었다. 그런데 모임에 가보니 다들 자기 인생을 돌아보았다, 이렇게 살고 있는 게 맞는 건가, 행복에 대해 다시 한번 생각해보게 되었다며 앞다투어 거의 간증을 하는 분위기.

그제야 깨달았다. '매달 하루라도 온전한 자기 자신으로 돌아가고 싶은 절실함이 만든 모임'이라는 말의 의미를. '삼십대 워킹맘 판사'라는 말이 담고 있는 삼중고를. 올챙이 시절은 쉽게 잊히는 법, 어느덧 부장판사가 된 나는 이 젊은 배석판사 또는 단독판사들이 얼마나 일에 치이고 조직에 치이고 가정에 치이고 있는지 감을 잡지 못했던 것이다.

어떤 달은 책 대신 저녁시간에 영화 〈인터스텔라〉를 보기로 했는데, 극장에 가보니 나와 있는 사람은 달랑 두 명이었다. 영화를 보고 난 후 어땠냐고 물었다. 눈물이 핑 돌았단다. 어떤 장면이었냐고 다시 물었더니, 예상치 못한 답이 돌아왔다. 극장에 온 게 일 년 만이구나, 하는 생각이 들어서 눈물이 핑 돌았다는 것이다. 삼십대 워킹맘 판사였다. 평소 한 달에 한 번 점심모임 때는 열 명 넘게 나오던 회원들이 겨우 두 명 나온 이유다. 이들의 저녁은 두 종류였다. 아이와 씨름하거나 힘겹게 아이를 맡기고 야근을 하거나. 책을 선정할 때마다 쉬운 책이었으면 좋겠다, 다 읽을 수 있을지 걱정이다, 걱정들부터 하는 이유이기도 했다. 한 달에 한 번 책 수다를 떠는 한 시간이 결코 가벼운 것이 아니었다.

참석 회원이 줄어서 위기를 겪기도 했지만 인천에 근무하던 삼 년 동안 북홀릭 모임은 계속되었다. 평소 그때그때 서점에 들러서 뒤적거리다가 '짜샤이 이론'에 따라 맘에 드는 책을 사 보는 충동적인 독서 스타일이어서 좋은 책들을 널리 알고 있지 못했는데, 취향도 경험도 다양한 회원들의 추천 덕분에 알게 된 좋은 책들이 많았다.

그중에 가장 기억에 남는 책을 꼽자면, 먼저 북홀릭 첫 모임 때 함께 읽은 위화의 산문집 『사람의 목소리는 빛보다 멀리 간다』가 있다. 작가의 실제 경험을 통해 문화대혁명 당시 얼마나 황당한 일들이 벌어졌었는지, 반대로 급속하게 천민 자본주의화된 현대 중국 사회에는 어떤 일들이 벌어지고 있는지 인민, 혁명, 루쉰, 산채, 홀유 등 열 개의 키워드로 생생하게 보여준다. 중국 사회에 대해 이해하고 싶으면 잠시 머문 이방인의 시선으로 쓴 책들보다 그 나라의 현대사를 직접 겪으며 살아낸 작가가 내부자의 시선으로, 하지만 미화하지 않고 쓴 이 책을 읽는 게 훨씬 나을 것이다. 특히 중국의 악명 높은 이른바 '짝퉁' 문화가 얼마나 뿌리 깊은 것인지 다룬 「산채山寨」라는 글이 흥미로웠다. 가짜를 뜻하는 '산채'란 말의 유래는 말 그대로 산적들의 본부, 『수호지』에 등장하는 바로 그 산채였다.

북홀릭의 소수파인 남성 법관, 그중에서도 소수파인 공대 출신 판사가 추천해준 책도 있다. 테드 창의 『당신 인생의 이야기』다. SF중단편집이라고 분류해야 할 텐데, 작가가 다루는 이야기, 그리고 그 배경을 이루는 수학, 물리학, 언어학, 뇌과학 등 학문의 폭과 깊이가 대단하다. '지식소설'이라고 이름 붙여보면 어떨까 싶기도 했다. 읽으면서 계속 감탄했다. 어떤 분야에 대한 깊이 있는 공부와 자료조사를 하여 뭔가 있어 보이는 소설을 쓰는 것은 성실성과 어느 정도의 지적 능력이 있다면 가능하다. 하지만 소재와 주변 지식에 함몰되지 않고 그걸 도구로 사람의 마음을 움직이거나 인간에 대해 다시 생각해보게 하는 '이야기'를 만들어내는 것은 탁월한 재능의 소유자만 할 수 있는 일이다.

예를 들어 「외모지상주의에 대한 소고: 다큐멘터리」라는 단편에서는 미래에 개발된 시각적으로 미美를 느끼지 못하게 하는 칼리그노시아Callignosia(실미증. 시각적으로 아무 이상이 없어 외모의 차이는 인식하는데 뇌에서 미추 판단만을 못하게 하여 외모를 동등하게 인식하게 하는 가상의 의학기술) 장치 시술 확대에 관한 사회적 논란을 다루고 있다. 외모지상주의에 대해 사고실험을 하다 이런 SF 아이디어를 얻는 것까지는 웬만한 작가들 누구나 가능하다. 그런데 테드 창은 이 아이디어를 종횡무진으로 펼쳐서 사회적 차별, 진화생물학, 신학, 인식론, 페미니즘, 자본의 논리 등 다양한 프리즘을 통과시켜 보여준다. 칼리그노시아라는 설정 하나만 가상이고, 이로 인해 벌어지는 논란은 실제 있을 법하게 리얼하다. 그리고 지적인 담론에 그치지 않고 소박한 사랑의 감정도 놓치지 않는다. 천의무봉의 재주다. 『당신 인생의 이야기』를 원작으로 한 드니 빌뇌브 감독의 2016년작 영화 〈컨택트〉도 좋았다.

삼 년 동안 참 다양한 책을 함께 읽었고, 선정 도서 외에도 각자 좋았던 책들을 서로 추천하기도 했다. 찾아보니 북홀릭 추천 도서 목록이 있길래 한번 적어본다.

『대한민국에서 일하는 엄마로 산다는 것』(신의진), 『블루 드레스』(알비 삭스), 『생각에 관한 생각』(대니얼 카너먼), 『설국』(가와바타 야스나리), 『글쓰기 특강』(유시민), 『아이와 함께 자라는 부모』(서천석), 『속죄』(이언 매큐언), 『행복의 기원』(서은국), 『불멸의 신성가족』(김두식), 『내 생애 단 한번』(장영희), 『잘 가요 엄마』(김주영), 『타워』(배명훈), 『토스카나, 달콤한 내 인생』(필 도란), 『사막의 꽃』(와리스 디리), 『학교란 무엇인가』(EBS제작팀), 『나의 서양미술 순례』(서경식), 『그림애호가로 가는 길』(이충렬), 『고야』(홋타 요시에), 『위험한 그림의 미술사』(조이한), 『진화심리학』(딜런 에번스), 『나는 세계로 출근한다』(박은영),『희박한 공기 속으로』(존 크라카우어),『거짓말의 심리학』(필립 휴스턴 외),『우주의 끝을 찾아서』(이강환),『물리와 함께하는 50일』(조앤 베이커),『송곳』(최규석),『앵무새 죽이기』(하퍼 리),『인생이 빛나는 정리의 마법』(곤도 마리에),『에브리데이』(데이비드 리바이선),『세계건축기행』(김석철),『싸울 기회』(엘리자베스 워런),『무신론자를 위한 종교』(알랭 드 보통),『나는 왜 너가 아니고 나인가』(류시화 엮음),『할아버지의 기도』(레이첼 나오미 레멘),『나의 딸의 딸』(최인호),『판결을 다시 생각한다』(김영란),『기울어진 저울』(이춘재·김남일),『왜 사회에는 이견이 필요한가』(캐스 선스타인).

함께 읽은 책도 있고 아닌 책도 있지만 목록을 들여다보고 있으니 미소를 짓게 된다. 어떤 책을 누가 추천했는지 보이는 것 같아서다. 저 목록에는 내 취향의 책도 있고 그렇지 않은 책도 있지만 최소한 누군가 한 사람의 취향은 담겨 있다. 사람들이 제각기 다르듯이 세상에는 참 다양한 책들이 있었다. 새삼스럽지만 그걸 발견하는 과정도 여행만큼이나 흥미로웠다. 전직 CIA 거짓말 탐지 조사관들이 쓴『거짓말의 심리학』을 읽으며 재판할 때 증인들의 거짓말에 속지 않는 비법은 없을지 촉각을 곤두세우기도 했고, 조금 어려운 책이나 과학 분야 책을 읽을 때에는 판사가 이렇게 무식해서야 되겠나 서로 한숨을 쉬며 자책하기도 했다. 책도 책이지만 북홀릭 워킹맘 판사들의 속내를 들으며 깨닫고 배우고 반성한 것들도 많았다. 그리고 그것은 『미스 함무라비』의 뿌리가 되기도 했다.

소소한 모임이지만 계속하다보면 즐거운 기억이 쌓인다. 봄꽃이 예쁜 날 도시락을 싸들고 인근 인하대학교 캠퍼스에 가서 모임을 하기도 했고, 연말 모임 때는 좋아하는 시 한 편씩을 준비해 와서 손발 오그라듦과 싸우면서 돌아가며 낭독하기도 했다. 판사의 삶이라는 게 시와는 백만 광년은 떨어져 있는 삭막한 삶인 것 같아서 제안해본 것인데, 의외로 각자 좋아하는 시 한두 편씩은 있었다. 시 또한 다양했다. 이백의 「대주對酒」, 정한용의 「니주집에서의 만남」, 이면우의 「빵집」, 안도현의 「철길」.

나는 장정일의 「삼중당 문고」를 골랐다. 소년 시절 수업시간에 몰래 읽던 삼중당 문고의 기억에서 시작해 언젠가 '삼중당 문고만한 관'에 누울 날을 생각하는 시다. 「하늘의 융단」을 암송하던 정독도서관 독서교실 시절이 인생의 봄이었다면 「삼중당 문고」 마지막 구절들이 와닿는 지금은 벌써 인생의 늦가을 같았다.

북홀릭 모임의 기억이 좋아서 나중에 책을 쓰기 시작한 후에는 친분이 생긴 저자분들과 조촐한 책 모임을 하기도 했다.

같은 책을 다 함께 읽는 것까지는 하지 않아도, 맛있는 음식을 먹으며 그저 요즘은 무슨 책을 읽고 있는지 수다 보따리를 풀어놓는 것만 해도 충분히 즐거웠다. 누군가 가방에서 '요즘 이런 책을 읽는데요' 하면서 책을 슥 꺼낼 때면 선물 포장을 풀 때처럼 살짝 두근거리기도 한다.

이럴 때면 어릴 적부터 혼자 무인도에서 좋아하는 책만 잔뜩 쌓아놓고 살고 싶은 로빈슨 크루소 형 인간을 자처해온 나 역시 인간은 사회적 동물이구나, 자각하곤 한다. 로빈슨 크루소도 프라이디와 함께 지내게 된 후 훨씬 행복해하지 않나. 각종 권력과 위계질서로 나를 억압하는 타인들, 내 자유를 무례하게 침범하는 타인들이 싫어서 스스로를 소인국에 표류한 걸리버로 상상하며 자신을 지키려 해왔던 나이지만, 혼자서는 오롯이 행복할 수 없는 것이 인간이다. 심리학자 서은국의 『행복의 기원』이 잘 설명하고 있듯이 인간은 타인과의 관계에서 행복을 느끼도록 진화해왔다.

누구에게나 많든 적든 타인들과의 관계가 필요하다면, 이왕이면 그 관계가 자유롭고 대등할수록 좋을 것이다. 책을 매개로 한 모임이야말로 그 좋은 예가 아닐까. 이 험한 세상에 아직도 책이 좋아서 그걸 가지고 수다를 떨러 일부러 시간을 내서 남들을 만나러 오는 사람들의 모임이란 대관령 양떼 목

장처럼 평화롭고 안전한 피난처다. 뭐, 물론 어디든 예외는 있는 법이니 박찬욱 감독의 〈아가씨〉에서 김민희에게 야한 소설을 억지로 낭독시키는 변태 아재들 책 모임 같은 건 말고……

내 취향이
아닌 글들

　　　　　　　앞에서 내 취향의 글들을 이야기했
으니 이번에는 그 반대의 경우도 얘기해보려 한다. 그런데 대
한민국에서는 무엇을 좋아한다고 얘기하는 건 괜찮지만 무엇
이 별로라고 얘기하는 건 '그러는 너는!' 등등의 소란스러운
반응을 감수해야 하는 일이다. 사실 그러는 나도 별 신통한
글을 쓰는 처지는 못 된다. 그래서 대한민국에 살려면 매사에
'내 탓이오'라는 마음가짐을 갖는 것이 좋다. 자기수양에도
좋고.

　그 정신으로 다시 생각해보면 사실 내 탓이 맞는 것 같다.
내 취향의 글보다 그렇지 않은 글들이 압도적으로 많을 뿐 아

니라, 엄청 유명하고 대단한 '선생님'들의 글일수록 내 취향이 드물다는 것은 내가 아직도 유아적인 취향에서 벗어나지 못하고 있다는 증거일 수도 있다. 책이든 신문 칼럼이든 하다못해 페이스북 글이든 품격 있는 지식인풍의 글에 잘 적응하지 못하는 글쓰기 초보자로서 그들의 깊은 내공을 감히 흉내낼 엄두조차 낼 수 없지만, 그저 조금이라도 배우고자 그들의 글을 통해 깨달은 비법들을 적어본다.

지식인들의 글에는 독자가 쉽게 접근하지 못하게 하는 삼엄한 차단 장치들이 있다. 그들은 같은 말도 보통 사람들과 다르게 하려 애쓴다. 그런데 묘하게도 그들의 글끼리는 또 그 글이 그 글같이 엇비슷하기도 하다. 공통점은 읽으며 쉽게 공감하게 되는 생동감 있는 글이 아니라는 점이다. 그들의 글은 마치 비슷한 관 속에 누워 있는 귀족의 시신들처럼 우아하게 죽어 있다. 그렇다. 지식인풍의 '있어 보이는' 품위 있는 글을 쓰려면 '죽은 글쓰기'를 위해 정진해야 하는 것이다.

죽은 글을 쓰려면 먼저 당신의 생생한 생각을 직접 쓰는 천박함을 피해야 한다. 세상에는 특정 관념을 표현하기 위해 반드시 사용해야 하는 인용들이 있다. 한동안 가장 핫했던 아이템으로 한나 아렌트의 '악의 평범성'이 있다. 누가 당신 차를 긁어놓고 도망간 얘기를 쓸 때조차 '중산층의 씁쓸한 뒷모습,

아렌트가 말한 악의 평범한 얼굴이다'라고 써야 있어 보인다. 죽은 글을 쓰고 싶은 그대, 우선 관습적 인용을 생활화해야 한다.

같은 일도 시각에 따라 다르게 보일 수 있다는 얘기를 하려면 구로사와 아키라 감독의 영화 〈라쇼몽〉, 권력에 의한 감시와 통제 문제를 얘기하려면 제러미 벤담이 고안한 원형 감옥 '패놉티콘'(조지 오웰의 『1984』는 유행이 지났으니 사용에 주의할 것) 등등 많다. '인생은 나그네 길 어디서 왔다가 어디로 가는가'라는 갱년기적 고민에 관한 얘기는 보통 하이데거가 무슨 피투성이였다는 말로 시작하는 것 같은데 이유는 모르겠다. 헤겔의 '인정투쟁'도 여기저기 써먹기 좋다. 관습적 인용의 생활화 자체가 인정투쟁이다.

이 인용들의 원전을 본 적 없다든지, 원래 어떤 맥락에서 쓰이는 것인지 잘 모른다든지 하는 소소한 문제는 무시하시라. 어차피 남들도 마찬가지다. 호연지기가 필요하다. 예능 프로 유행어 내지 스티커 사진에 덧붙이는 특수 효과라고 생각하면 정확하다. 표로 정리하여 외워두면 좋다. '파블로프의 개'처럼 튀어나오게. 소문에는 학원도 있다고 한다.

관습적 인용 문구, 즉 '○○가 ○○라고 말했듯이'를 빼뜨리고 당신의 언어로 당신 생각을 직접 표현하면 죽은 글쓰기의 목표인 '진부함' 달성에 실패하게 된다. 남들이 흔히 하지 않는 참신한 인용을 하는 것 역시 위험하다. 최근의 다양한 정보를 담은 세계 석학들의 신간이 쏟아져나오고 있다고 하여 함부로 이를 인용하는 것은 이 바쁜 세상에 타인들에게 뭘 공부해야 한다는 부담을 주는 일이니 삼가야 한다. 죽은 글쓰기에서 인용을 통하여 전달하려는 것은 당신이 그 인용구를 알고 있다는 사실 자체뿐임을 명심하자.

죽은 글쓰기를 위한 두번째 원칙 역시 인용에 해당한다. '내가 뭔 소릴 하고 있는지 적들에게 알리지 말라.'

당신의 논지를 적들이 너무나 쉽게 알아보게 방치하는 것은 노출증이다. 부끄러운 줄 알아야지! 세상에는 고슴도치같이 남의 글을 꼬투리 잡고 물어뜯는 것이 유일한 자존감 유지 비결인 골방 평론가들이 넘쳐난다. 그런 험한 세상에서 자기가 하고자 하는 말을 스트레이트하게 쓰는 것은 마조히즘이다.

충무공 정신으로 한사코 논지를 감춰야 한다. 이런 엄폐술의 최고봉은 당신 자신까지 속이는 것이다. 자기가 무슨 소릴 하고 있는지 자기도 모르는 물아일체의 경지를 목표로 해야하는 것이다. 난 누구? 여긴 어디?

그러려면 비 맞은 중처럼 중얼거리는 문체, 그리고 여기 걸

맞은 필수 어휘를 암기해야 한다. 남루한 일상의 구체성과는 인터스텔라하게 멀디먼 말들.

층위, 서사, 지점(절대로 그냥 '주목할 점'이라고 하면 안 된다. '주목할 지점'이라고 해야 함), 착종, 아포리아, 디아스포라(이 두 개를 혼동하지 말 것), 시뮬라크르와 시뮬라시옹(불어이기에 더 큰 효과가 있다. 천박하게 '시뮬레이션'이었다면 아마 아무도 안 썼을 것이다. '미슐랭 가이드'와 '미셰린 가이드'의 어감 차이를 생각해보라), 타자, 권력, 자기복제, 반영……

아시다시피 이런 말들은 평론가들이 뭐라도 한마디 해야 하니까 철학, 심리학 등의 용어를 가져다가 분석의 도구로 쓰는 말들이다. 의사 선생님이 차트에 휘리릭 라틴어로 휘갈겨 쓰는 감히 우리가 범접하기 힘든 단어(뜻을 알고 보면 '치질' '뾰루지') 같은 것.

이것들을 가져다가 마음껏 돌려막기 하다보면 자연스럽게 당신 스스로 시니피에와 시니피앙이 한껏 분리되어 허공을 떠도는 몰아지경沒我之境에 빠지게 된다. 충동의 층위에서 욕망의 층위로 이동하는 지점에서 서사는 붕괴되고 주체의 환상이 타자의 향유에 대한 방어로 착종되는 생의 본원적 비극성에 도달하여 우리는 비로소 자아의 인지부조화에 각성하고 마는 것이다……

여기서 효과를 극대화하려면 작은따옴표를 남발해야 한다. 이는 '당신'이 '단어' '하나하나'에 '심오'한 '의미'와 '상징'을 심어'두었음'을 '멍청한' 독자들에게 '암시'하기 '때문'이다. 유사품으로 방점을 찍는 것이 있는데, 우리나라보다 일본에서 잘 활용한다. 하루키 영감의 글조차 한순간에 "쫌!" 소리 튀어나오게 만드는 방점의 남용. 죽은 글쓰기를 위한 가장 간편한 수단이다. 우리나라에서는 훈민정음 시대인 15세기에 성조 표시를 위해 방점이 쓰인 적이 있으나 현대에는 별로 쓰고 있지 않음에도 '난 개인적으로 현대 사회의 문제는 결국 자본주의 체제의 구조적인 모순에서 기인한다는 분석에 방점을 찍고 싶다(무엇이 문제인지 사실 아무것도 모르지만 심각한 고민을 하는 지식인으로 보이고는 싶다는 뜻)' 등의 표현은 살아남아 쓰이고 있다.

덧붙여 흥미로운 것은 당연히 개인적일 수밖에 없는 얘기를 할 때도 굳이 '개인적으로'를 덧붙이는 강박증도 자주 관찰된다는 점이다. "나는 개인적으로 웨스 앤더슨 감독의 영화를 좋아한다." "나는 개인적으로 크림 파스타를 좋아해." 이런 얘기를 길게 듣다보면 나는 개인적으로 하품이 나고 개인적으로 소변이 마려워진다.

이 비법의 장점은 에볼라처럼 전염된다는 것이다. 당신 페북에 이 기술을 시전하면 틀림없이 소싯적 문학 소년소녀였던 아재, 아지매들이 퍼덕퍼덕 낚시를 물어 "제 상념을 맴돌던 언어들을 어쩜 그리 명징하게 포착하셨는지요" "가슴이 먹먹해지네요" 등등의 댓글을 달며 집단 환각 상태로 접어들게 된다. 결국, 예술의 본질 역시 짝짓기 활동이 아니겠는가.

아, 죽은 글쓰기는 사랑이다.

책이 길면 길수록
더 좋던 시절

어린 시절 읽은 책 중에 가장 긴 책은 역시 『삼국지』였다. 세로글씨에 인마살상용人馬殺傷用으로 쓸 수 있는 두께로 세 권이나 되는 세트였으니 요즘 책 사이즈로는 열 권은 넘었을 것 같다. 누워서 책 보는 버릇이 있었으니 유년기 팔 근육 발달에는 분명 도움이 되었을 것이다.

'삼국지 게임'도 나오기 전인데 초등학생이 왜 『삼국지』를 열심히 읽었을까 생각해보니 이유는 간단했다. 그냥 책 중독 중 상태여서 뭐든 읽다보니 읽기 시작했는데 어딘가에서 재미있는 부분을 발견한 것이다. 그게 무엇이었을까 곰곰이 생각해보았다. 선뜻 잡히지 않는다.

우선 메인 주인공인 유비가 도통 매력적인 주인공이 못 된다. 떠오르는 거라곤 온통 유비 얘 왜 이래? 또는 이 인간 별로야 별로, 싶었던 장면들뿐. 예를 들자면 치열한 권모술수의 산물로 팔자에도 없이 한참이나 어린 신부(손권의 여동생)와 위험천만한 정략결혼을 한 주제에 달콤한 신혼 재미에 빠져 부하들은 애가 타는데 형주로 돌아갈 생각은 않고 주책을 부리는 장면. 몇 년 전 유표에게 의탁하고 있던 궁한 시절에는 뒷간에서 자신의 하체비만을 발견하고는 "이 나이에 이르도록 아무것도 이루지 못하고 허송세월만 했구나!" 이른바 비육지탄髀肉之嘆 또는 배부른 소리를 비장하게 늘어놓던 아재가 말이다.

그렇다고 조조가 대단히 매력적이지도 않았다. 유능하고 성실하긴 한데 너무 성취 동기가 강해서 부담스러운 전교 2등 이미지랄까?

『삼국지』 3권 세트 중에 제일 여러 번 반복해서 읽은 건 두 번째 권이었다. 유비의 형주 시절. 더 정확히 말하면 제갈공명의 등장부터 적벽대전, 이후 오나라 주유를 가지고 노는 부분까지인데 책 옆을 보면 손때가 묻어 까매질 정도였다. 왜 이 부분이 그리 재미있었을까, 우선 공명이라는 캐릭터의 매력이다. 압도적인 능력치의 천재인데, 도도하고 시크하다. 남들과 잘 섞이지 않고, 유비에게 충성한다지만 실은 자기 뜻을 펴기 위해 유비를 얼굴 마담으로 이용하고 있다.

게다가 공명의 능력치가 화려하게 펼쳐지는 부분들은 뭐랄까, 〈오션스 일레븐〉이나 〈범죄의 재구성〉처럼 케이퍼 무비 같은 재미가 있다. 지략이라는 게 결국 어리석은 인간들을 속여먹는 사기에 가까운 것 아닌감. 공명이 노숙을 번번이 갖고 놀면서도 노숙에게 애잔함을 느끼는 장면들은 셜록과 왓슨 관계를 연상시키기도 한다. 후반부로 가면 공명이 남만 정벌을 가서 맹획을 일곱 번 잡았다가 일곱 번 풀어주는 부분이 또 현란한데, 레벨 차이가 너무 나니까 재미가 조금 덜하다. 공명이 죽은 후에는 영 읽는 재미가 나지 않았다. 모리어티 박사 격인 사마의도 뛰어난 인물 같긴 한데, 화려함이 없어. 보통 『삼국지』에서 인생의 지혜를 배운다, 전략을 배운다 그러는데 난 그냥 장르물로서의 재미를 느꼈던 것 같다.

『삼국지』를 질릴 만큼 읽고 나니 다른 건 또 없나 싶어서 읽은 것이 『수호지』인데, 이것도 그럭저럭 재미있게 읽긴 했지만 공명 같은 내 취향의 캐릭터가 없는데다가 『삼국지』와 마찬가지로 메인 주인공 송강이 너무나 고리타분하고 무매력이어서 '이 날고 기는 선수들이 왜 이런 대장을 위해 목숨을 바치는 거야?'라는 의문이 떠나지 않았다. 유교적인 명분론이니 충성 운운은 영 취향이 아니어서. 대신 좋았던 점은 다양한 능력치의 한 가닥씩은 하는 인물들이 떼로(108명이긴 한데 메인 급인 천강성 36명 외에는 능력치가 애매모호하긴 하다) 나온다는 점이다. 『삼국지』에서 조운, 마초, 황충 등이 한 명씩 유비 진영에 모여드는 부분도 좋아했는데, 이런 걸 보면 〈엑스맨〉이나 〈어벤져스〉같이 다양한 능력을 가진 슈퍼히어로들이 떼로 등장하는 시리즈가 주는 쾌감이라는 게 있는 것 같다. 딱지든 포켓몬이든 다양하게 수집하는 게 더 재미있으니까.

중고생 시절에 길고 긴 소설을 읽는 재미를 충족시켜준 것은 『대지』니 『대망』이니 하는 제목으로 출간되었던 이른바 일본 대하역사소설들이었는데, 검색해보니 그때 『대지』라는 제목으로 나온 사이토 도산의 일대기는 시바 료타로의 『나라 훔친 이야기』이고, 『대망』 제1부라는 제목으로 나온 도쿠가와 이에야스의 일대기는 야마오카 소하치의 『도쿠가와 이에야스』였다. 일본 전국시대를 배경으로 한 일본판 『삼국지』라고 할 수 있는 이 책들은 중국의 『삼국지』 『수호지』와 달리 유교적인 충의와 대의명분에 대한 강박이 없어서 흥미로웠다. 홉스적인 만인의 만인에 대한 투쟁이랄까, 날것의 욕망과 욕망이 가차없이 부딪치는 이야기들이다. 게다가 내 취향의 인물도 등장한다. 공명과 비슷한 시크한 천재인 오다 노부나가다. 공명보다 훨씬 막나가는 인물이라 캐릭터로서는 더욱 흥미롭다.

전체적인 작품의 주제나 시대적 배경, 역사 등보다 마음에 드는 캐릭터에만 집중해서 소설을 읽는 내 습성은 박경리의 『토지』를 읽을 때도 계속되었다. 당연히 고양잇과 캐릭터의 끝을 보여준다고 할 수 있는 주인공 최서희에 매료되어 읽기 시작했고, 후반부에는 그의 아들들인 환국, 윤국을 중심으로 한 이야기를 집중적으로 읽었다. 심지어 후반부에 와서는 관심 없는 부분은 휙휙 넘겨버리면서 보고 싶은 부분만 찾아 읽기도 했다. 한국문학사에 길이 남을 이 대하소설에서 나는 일종의 멜로드라마적인 재미가 있는 부분만 집중적으로 읽은 것이다. 그래도 분명히 읽을 때는 그 무수하게 많은 인물들의 기구한 삶과 비극적인 시대에 저항하는 이들의 이야기에 감동도 하고 했던 것 같은데, 지금 생각나는 건 최씨 일가를 중심으로 한 몇 가지 두루뭉술한 에피소드뿐이다.

이쯤 되니 독서를 주제로 책을 쓰기 시작한 나 자신이 무모하게 느껴질 지경이다. 도대체 『책은 도끼다』 같은 책은 어떻게 쓰는 걸까? 어떻게 그렇게 책의 한 구절 한 구절에 대해 폭포수 쏟아지듯 감상을 이야기할 수 있는지…… 당최 그 정도로 섬세한 감성이라고는 타고나지 못한 시큰둥한 나 자신을 잠시 원망해보았지만, 뭐 세상에는 이런 사람도 있고 저런 사람도 있는 거지. 마찬가지로 독서도 이런 독서도 있고 저런 독서도 있는 거다. 카프카는 책이 우리 머리를 주먹으로 쳐서 잠에서 깨우지 않는다면 도대체 왜 책을 읽는 거냐며 책이란 무릇 우리 안에 있는 얼어버린 바다를 깨뜨려버리는 도끼가 아니면 안 된다고 일갈했지만, 수사법은 수사법일 뿐, 책은 도끼일 수도 있고 심심풀이 땅콩일 수도 있고 잠을 재워주는 수면제일 수도 있는 것 아닐까. 책마다 사람마다 다양한 용법이 있기 마련이다.

심심풀이 땅콩 얘기를 하고 보니 내가 청소년기에 길고 긴 소설을 좋아했던 이유를 알 것도 같다. 어릴수록, 젊을수록 하루도 길고 일 년도 길고 남아 있는 살아갈 나날은 끝도 없어 보였다. 시간은 언제나 무한정 남아도는 백사장의 모래알 같은 것이었다. 단조롭고 반복되는 하루하루 속에서 재미있는 소설 하나를 발견하면 "우와, 한동안 재미있겠다!" 하며 신이 났고, 게다가 그 소설이 열 권 스무 권 밑도 끝도 없이 길기까지 하면 두고두고 퍼먹을 꿀단지라도 발견한 기분이었던 것이다.

지금의 나는 그때와 달라져버렸다. 대하소설은커녕 조금만

두꺼운 책 앞에서도 멈칫거린다. 사실 읽자면 지금도 얼마든지 읽을 수 있을 텐데 지레 겁을 먹게 되어버렸다. 나이를 먹을수록 하루도 짧고 일 년도 획획 지나가고 남아 있는 나날이 벌써 손에 잡히는 것만 같다. 내일이 없는 사람마냥 여가가 생겨도 그저 하루하루의 즐거움을 먼저 이리저리 찾다가 오히려 아무 재미도 없이 흘려보내고 말 때가 많다.

열 권 스무 권짜리 책을 잔뜩 쌓아놓고 마루를 뒹굴거리며 매미 소리를 배경음악 삼아 책을 읽던, 해가 영원히 지지 않을 것만 같던 8월 여름방학의 나날들이 그립다.

2장

편식 독서,
누구 마음대로
'필독'이니

이문열을 거쳐야 하는
시절이 있었다

지금은 그다지 인기 있는 작가라고 보기 어렵지만 내가 고등학생이던 80년대에는 책을 읽다보면 거의 반드시 거치게 되는 작가가 이문열이었다. 훗날의 하루키 못지않은 당대의 인기 작가이기도 했고, '지식인 소설'이라는 아우라도 갖추고 있었다. 온갖 철학 사조와 역사, 그럴듯한 잠언들이 툭툭 튀어나오는데다가 허무주의와 뒤섞인 미문이 뭔가 심오하고 거창한 고민을 하고 싶어하는 젊은 책벌레들을 사로잡기에 충분했다. 『젊은 날의 초상』과 『사람의 아들』이 특히 그랬다.

청소년기에는 다소 현학적인 냄새를 풍기는 책들을 통과의 례처럼 거쳐가는 시기가 있는 게 아닌가 싶기도 하다. '헤르만 헤세 시기'라고나 할까. 나도 그때는 알깨나 깨던 청소년이었다. 뭐 알은 하나의 세계이고 알을 깨고 나오면 아브락사스인가 뭔가 하는 신한테 날아가야 한다는데, 뜻도 잘 모르겠지만 멋지구리한 『데미안』의 이 구절을 여기저기 글 쓸 때마다 인용하고는 뿌듯해하곤 했다. 그놈의 '아브락사스' 운운이 소피 마르소 사진만큼이나 흔하게 여기저기 쓰이고 있다는 걸 알고 난 뒤에는 『사람의 아들』에 나오는 '아하스 페르츠'로 갈아타기도 했다. 원래 다들 나이키를 신을 때는 리복을 신어야 하는 법이다.

지금은 오히려 중2병을 자극하기 딱 좋은 현학적인 느낌의 소설들보다 탁월한 이야기꾼으로서의 이문열을 잘 보여주는 소설들이 훨씬 기억에 남는다. 특히 한국판 『돈키호테』 또는 『창문 넘어 도망친 100세 노인』이라고도 할 수 있는 『황제를 위하여』의 그 능구렁이 같은 솜씨란…… 드라마 〈미스터 션샤인〉 말투로 카톡하는 데 재미를 붙여본 적이 있는 이들이라면 『황제를 위하여』의 의뭉스러운 의고체擬古體에도 충분히 재미를 느낄 것이다.

그의 작품 중에서 내가 가장 좋아했던 것은 연작소설 『그대 다시는 고향에 가지 못하리』였다. 사라져가는 것들, 영락해가는 것들에 대한 비감悲感이 참으로 아름답게, 아스라하게 표현되어 있었다. 어쩌면 이중에서 핵심은 '아스라하게'였을지도 모르겠다. 작가가 애착을 갖는 대상이 안갯속처럼 모호하고 아련하게 그려진 이 작품의 매력은 그 대상이 노골적으로 드러나기 시작한『선택』등 훗날의 작품들에는 사라지고 없다.

모호함의 베일 속 이문열을 좋아했던 고등학생 시절의 내가 처음으로 이건 아니지, 싶었던 작품이『우리들의 일그러진 영웅』이다. 물론 능수능란한 이야기꾼의 재능은 여전했고, 권력과 인간의 속성에 대한 냉소는 날카로웠다. 하지만 불편한 구석이 있었다. 냉소와 비판이 최종적으로 머무는 곳이 가해자인 독재자 임석대가 아니라 무기력하고 비겁한 피해자, 반 아이들이었다. 더 큰 권력인 새 담임 선생의 힘만이 독재자를 몰아낼 수 있었고, 바뀐 시대 역시 이솝 우화에 나오는 개구리들의 왕 황새처럼 더 강력한 독재자의 시대일 뿐이었다. 작가의 시선은 개구리들에 대해서는 환멸을, 밀려난 독재자에 대해서는 연민을 감추지 않았다.

그렇다고 그때의 내가 민주주의니 민중의 힘에 대한 역사적 낙관주의에 불타오르는 가슴 뜨거운 젊은이였던 것도 아니다. 조지 오웰의『동물 농장』을 읽으며 격하게 고개를 끄덕거렸던 만큼 이문열의 인간 혐오와 냉소주의에도 충분히 공감하고 있었다. 혁명의 불꽃이란 대부분 탐욕과 어리석음, 광기라는 불순물이 섞여서 불타오르기 마련이고, 인간 세상의 변화 대부분은 A라는 문제를 B라는 문제로 대체하는 과정의 연속일 때가 많다.

그럼에도 불구하고 낡은 문제는 새로운 문제로 대체되는 것이 낫다. 완벽한 대안이 있어서가 아니라, 지금 존재하는 잘못을 바로잡는 것 자체가 의미 있기 때문이다. 모든 문제를 한번에 해결하지는 못하더라도 최소한 같은 문제는 더이상 반복하지 않기 위함이기도 하고, 인간의 속성이 탐욕스럽고 어리석은 것이라면 더더욱 권력자들이 주춤거리기라도 하게 견제하고 성가시게 만들어야 하기 때문이다. 하물며 '구관이 명관'이라는 식으로 지나간 권력자들에 대해 연민을 갖는 이 문열식 감상주의는 이해하기 어렵다. 인간을 혐오하려면 더 철저히, 공정하게 혐오해야지 그래도 한때 우리의 영웅이었는데, 과도 있지만 공도 있었는데 운운하면서 자기보다 훨씬 많은 것을 충분히 누린 권력자들을 감히 '연민'씩이나 하다니 그건 또 무슨 어리석음이란 말인가. 어차피 그분들은 권좌에서 내려온 후에도 부하들 거느리고 골프 치러 다니거나 테니스 치러 다니며 건강한 노후를 즐기는 게 통례 아닌가.

거창한 얘기 이전에 영화 〈타짜〉에서 아귀가 얘기하듯 도

박판에서 밑장 빼다가 걸리면 손모가지가 날아가는 것이 정의인 것이다. 그것이 대통령이든 대법원장이든 누구든.

나는 그때 『우리들의 일그러진 영웅』을 읽으며 고1 때 우리 반이 겪었던 일을 생각했다. 그렇게 겹쳐지는 일도 아니고, 대단한 일도 아니었는데도 묘하게도 책을 읽는 내내 그랬다.

사건의 발단은 학교에서 야간자율학습을 강요했던 일이다. 다들 투덜거리면서도 시키니까 한다는 식으로 남아는 있었다. 나는 만화책이나 무협지를 빌려와서 주변 놈들과 돌려 보며 시간을 때우곤 했다. 그런데 반장이 어느 날 종례시간에 자기는 야간자율학습에 참여하고 싶지 않으니 앞으로는 그냥 가겠다고 담임에게 밝혔다.

담임은 살짝 열받았으면서도 의연하게 '너는 반장이니 자신의 위치를 자각해라'라는 취지로 좋게 타일렀다. 반장은 뜻을 굽히지 않았고, 결국 열받은 담임은 북한 아나운서가 황장엽에게 선언하듯 말했다. 갈 테면 가라!

반장은 아무렇지도 않게 가방을 싸서는 뚜벅뚜벅 걸어 나갔다. 담임은 나가는 반장을 퍽퍽! 짧고 굵게 구타했다. 우리는 놀라 벌떡 일어났지만 쳐다보기만 했다.

담임은 반 분위기에서 팽팽한 반항의 기운을 느꼈는지 모두를 죽 둘러보고는 "나, 오늘부터 너희들 수업 못해. 반장부터 나서서 선생을 무시하는 분위기에서 수업 못해. 알아서들 해" 하고는 나가버렸다.

……그래서, 우리는 웬 횡재냐 하면서 다 가버렸다.

담임은 국어 담당이었는데, 진짜로 다음날부터 국어 수업 시간에 안 들어왔다. 다들 웅성웅성하다가 내린 결론은 담임은 반장이 교무실로 와서 무릎 꿇고 잘못했다며 빌고 우리도 같이 죄송해요~ 수업해주세요~ 하기를 기다리고 있다는 것. 반 아이들의 의견은 다양했다. 나열하면 아래와 같다.

1번: 반장, 너 멋지다. 나도 야자 하기 너무 싫었다. 너 용기 있다.

2번: 그래도 담임 선생님인데 반장 니가 너무 무례하게 군 거 아니냐. 할말 하더라도 태도가 너무 반항적이었던 것 아니냐.

3번: 담임이 기회를 틈타 날로 먹으려고 하네. 수업 안 하면서 월급은 왜 받냐.

4번: 담임도 짜증나지만 왜 반장은 일을 시끄럽게 만들었냐, 귀찮게. 무슨 영화 찍을 일 있냐.

물론 소수 의견부터 차례로 다수 의견까지 나열한 것이다. 고등학교 교실에서 귀차니즘의 역사는 깊다. 묘하게도 반장이 잘했건 못했건 지금 상황에서 반장이 무릎 꿇고 빌고 우리가 수업해달라고 애걸하는 것은 왠지 싫다는 점은 모두 동감했다.

결국 어찌어찌 낸 결론이 '우리끼리 걍 수업하자'였다. 그런데 불똥이 가만있는 내게 튀었다. 일등인 니가 당분간 수업을 해보라는 거다. 나쁜 놈들. 폼은 반장이 다 잡고 미움 살 짓은 내게 떠넘기다니.

난 도리 없이 매일 가던 만홧가게도 못 가고 '하이라이트' 자습서를 보며 수업준비를 한 후 수업을 시작했다. 웬일인지 게으르기 이를 데 없는 녀석들도 열심히 수업을 듣는 분위기였다. 평생 안 하던 질문을 다 하질 않나……

만만했기 때문인 것 같다. 질문 말투가 대체로 "야, ×발, 근데 환유법이란 게 대체 뭔 개소리였냐?"

사내아이란 단순한 동물이다. 월말 국영수 실력고사를 앞두고 아무 이유 없이 불타오른 나는 평소 내 시험공부할 때도 안 하던 시험 예상 문제 뽑기까지 해와서 수업을 했다. 하긴 했는데, 이 매사 시큰둥한 녀석들이 내신에도 안 들어가는 월말 실력고사 따위 신경이나 쓸지는 미지수였다.

시험 결과가 나왔다. 반 평균 국어 성적이 다른 반보다 십 점 이상 높았다. 나의 탁월한 교수법에 감동한 애들이 한 명씩 책상 위에 올라섰…… 을 리가 없지. 과거를 미화하고 싶긴 하지만 팩트는 팩트. 난 그저 '하이라이트' 자습서에 써 있는 걸 예습해 와서 얘기했을 뿐이다. 나라고 별수 있었겠나. 게다가 남자 고교생들이란 오버하는 건 서로 못 참는 생물들. 따스한 눈빛을 보내며 "친구야, 우리 함께 조금 더 노력해보지 않으련?" 뭐 이런 멘트를 보내는 고교생 따윈 현실 세계엔 없다. 만약 있었다면 내가 먼저 다정하게 답했으리라. "너나 잘해 ×새끼야."

그럼 이유가 뭘까. 지금 생각해보니 알 것 같다. 녀석들은 그저 왠지 싫었던 거다. '그럴 줄 알았다'는 담임의 관대한 미소를 보는 것이.

현실엔 영화 같은 극적인 결말 따위는 없다. 시험 성적이 나온 날 조회시간에 들어온 담임은 어색한 미소를 짓다가 말했다. "그동안 너희들이 어떻게 하는지 지켜보았다. 자율적으로 공부를 하니까 더 잘되지? 자율적인 수업방식을 더 확대해보면 어떨까 싶더라."

……다들 어처구니가 서울역에 그지없는 표정이었지만, 묘하게도 흐지부지 그렇게 마무리가 되고 말았다. 야간'자율' 학습은 본래의 말뜻대로 하고 싶은 사람만 하는 것으로 되었지만 여전히 상당수가 '하고 싶은 사람'이 되었다. 집에 가봤

자 엄마 잔소리가 더 귀찮다는 이유로. 그때부터 학기 내내 국어 수업은 열 명 정도의 학생이 돌아가면서 수업 준비를 해 와서 진행하고 담임은 옆에 앉아 지켜보다가 학생의 수업이 끝나면 정정 및 보충을 하는 방식으로 진행되었다. 대학교 발표수업 비슷하게 그럴듯하긴 했다.

영 마무리가 뜨뜻미지근하다고? 당시 우리가 80년대 고교생답게 체제 순응적 학생들이었기 때문이기도 하지만, 이런 부분도 있다. 시험성적 발표 날 조회가 끝난 후, 나는 반장에게 물었다. "야, 최소한 담임이 너한테 감정적으로 때려서 미안하다고 사과는 해야 하는 거 아냐?"

반장의 대답은, "뭐, 사실 담임도 그동안 나름대로 불편하지 않았겠냐? 아까 조회 때 말하면서 담임도 스스로 좀 쪽팔려하는 거 같더라. 그래도 선생인데 굳이 사과까지 시켜야 되겠냐?"

별말은 하지 않았지만, 납득했다. 당시 사회 분위기상 '웃어른'이 '아랫사람'에게 자기 잘못을 쿨하게 시인한다는 것은 거의 있기 힘든 일이었다. 담임의 말은 애써 준비한 마지막 한 가닥 권위와 자존심이었을 거다. 사실 평소 담임은 불성실한 선생이 아니었다. 수업에도 열성적이었다. 그리고 무엇보다 우리들 자신도 평소 '미안하다' '잘못했다'는 말 한마디는 죽어도 쪽팔려서 하기 싫은 사내아이들이었다.

『우리들의 일그러진 영웅』이 출간된 것은 1987년이고 나는 그때 고등학교 3학년이었다. 그 어떤 현학과 본질론, 거창한 냉소주의보다 저 소박하고 어정쩡한 현실 고등학교 교실의 기억이 내게 시사하는 바가 더 컸다. 일그러진 독재자의 시대는 끝나가고 있었고, 이문열을 거쳐가는 나의 한 시기 또한 그렇게 끝나고 있었다.

순정만화에
빠지다

고1 때 친구 집에서 우연히 발견한 만화가 있었다. 표지를 보니 얼굴 절반을 차지하는 눈에는 별이 빛나고 에버랜드 장미축제 때나 볼 법한 실한 꽃송이들이 상반신을 온통 에워싸고 있었다. '기집애들 만화책이네. 새끼, 뭐 이딴 걸 보고 있어?'라는 게 첫 느낌이었다. 그런데 친구는 억울해하며 한번 빌려가서 읽어보라고 강권했다.

그날 밤, 속는 셈 치고 넘겨보았다. 자신감 없고 어벙해 보이는 소녀가 연극 무대에 올라가더니 완전히 다른 사람으로 돌변하여 말 그대로 폭풍처럼 무대를 휩쓸고 있었다. 미우치 스즈에의 『유리가면』이었다. 그리고 모든 것이 시작되었다.

왜 '순정'이 붙는지는 당최 알 수 없었지만 이 '순정만화'라고 불리는 세계는 내게 완전히 새로운 세상을 열어주었다. 당시 남자애들이 즐겨 보는 만화들은 남자애들의 정신세계를 잘 반영하고 있었다. 공을 던지거나 차는 만화, 또는 사람을 때리거나 걷어차는 만화가 주류였다. 나 역시 사내 녀석이었지만 그래도 초등학생 때부터 '세계명작'에 빠져 있던 몸 아니신가. 단조로운 소재에 일차원적인 정서가 지배하는 만화에는 큰 흥미를 느끼지 못하고 있었다.

그런데 순정만화는 달랐다. 우선 소재가 다양했다. 물론 항상 로맨스가 중심에 있었지만 그 무대는 연극, 발레, 요리, 역사, 판타지, SF 등 넓었다. 게다가 해당 분야에 관한 상당한 지식을 바탕으로 한 작품이 많아서 교양 욕구를 충족시켜주기도 했다. 『유리가면』에서는 『한여름밤의 꿈』 『폭풍의 언덕』 『작은 아씨들』 등이 극중 무대에 올려지는데, 이미 다 읽은 작품들이었는데도 주인공 마야를 비롯한 『유리가면』 속 배우들의 열연 덕분에 원작 이상의 강렬한 인상을 받았다. 심지어 『폭풍의 언덕』은 다시 읽기도 했다. 나의 발레에 대한 지식 또한 만화 『스완』으로 시작해서 『스바루』로 완성되었다고 해도 과언이 아니다.

일본 순정만화 팬이었던 친구 녀석 집을 털어서 빌려 본 몇

몇 명작들을 다 끝내자 금단 증상이 찾아왔다. 망설이던 나는 결국 동네 만홧가게를 찾아가게 되었다. 망설였던 이유는 요즘과 달리 그때의 만홧가게는 흑백 인종분리 시대 못지않게 각 만화 코너가 분리되어 있었기 때문이다. 문 열고 들어가면 진입로에 순정만화 코너가 있고, 여길 지나면 그 몇 배 넓이의 스포츠, 무협 등 소년만화 코너가 있었다. 순정만화는 마이너리티였다. 순정만화를 보려면 모두가 드나드는 입구 바로 앞에서 마이너리티인 여학생들 사이의 또다른 마이너리티로 앉아 있어야 했다.

게다가 순정만화에는 몇 가지 진입 장벽이 있다. 우선 처음에 언급한 인물들의 얼굴 절반을 차지하는 눈과 베일 듯 날카로운 콧날과 턱이다. 물론 보다보면 사람으로 보이기 시작한다. 심지어 이제는 지하철 신사역에 가득한 병원 광고판을 보면 놀랍게도 그때 그 순정만화형 얼굴이 현실 세계에도 등장하고 있지 않은가! 꿈★은 이루어지는 법인가보다. 또 한 가지는 틈만 나면 등장하는 '아듀! 아듀!' '아모르!!' 같은 손발 오그라드는 프랑스어 대사들과 '아스튀리아스 드 어쩌구저쩌구' 등등 끝도 없이 긴 남자 주인공들의 이름이다(인체 비례를 무시한 그들의 다리 길이만큼이나 길었다). 나는 배경 도시 이름이 '스코토프리고니예프스크'인 것을 보고 『카라마조프가의 형제들』을 바로 덮은 사람이다.

그럼에도 불구하고 이 모든 것들이 책장만 넘기기 시작하면 극복 가능했다. 시작은 황미나였다. 그림체는 일본 만화에 비해 다소 아쉬웠지만 로마 시대(『아뉴스 데이』)에서 위그노 전쟁 시기의 프랑스(『불새의 늪』)를 거쳐 영국 귀족의 유배지 호주(『굿바이 미스터블랙』)까지 다양한 시공간으로 데려다주곤 했다. 『굿바이 미스터블랙』을 본 후로 생긴 좋은 버릇이 있다. 인생 살다 소소하게 즐거운 순간을 만날 때마다 "그는 아직 몰랐다. 그때가 인생에서 가장 행복한 순간이었다는 것을"이라는 대사를 떠올리곤 하는 버릇. 나는 에드워드 다니엘 노팅그라함처럼 후회하지 말고 미리미리 알기로 했거든. "인생은 언제나 예측 불허. 그리하여 생은 그 의미를 갖는다"라는 『아르미안의 네 딸들』(신일숙)의 명대사도 오래 기억에 남는다. 어른이 되어 '레 마눌'을 모시고 살고 있는 지금까지도.

금서 목록과 보도지침이 존재했던 80년대 중반의 시대 분위기를 생각하면 순정만화는 놀라울 정도로 급진적이었다. 일단 혁명을 다룬 작품이 많았다. 프랑스혁명은 단골 소재였고, 무려 러시아혁명이 배경인 『올훼스의 창』(이케다 리요코)도 있다. 물론 당시 해적판으로 출간된 『올훼스의 창』은 볼세비키 당원인 젊은 혁명가 클라우스를 휘바휘바! 핀란드 독립

운동가로 둔갑시켜놓긴 했지만 그래도 분위기는 다 전달되기 마련이다. 그중에서도 김혜린은 놀라웠다. 가상 국가에서의 민중혁명을 다룬 『북해의 별』은 당시 운동권의 필독서였다는 말이 나올 정도로 현실감 있었고, 혁명 이후의 혼란과 회의를 다룬 『테르미도르』는 어쩌면 당시 운동권 서적보다 더 진일보한 것이었는지 모른다.

고전주의에서 모더니즘으로 나아가는 느낌을 준 것이 강경옥의 작품들이다. 『별빛 속에』 『17세의 나레이션』 『라비헴 폴리스』 등의 도회적인 정서, 섬세한 내면 묘사, 쿨한 인물들은 개인에 더 집중하는 90년대의 분위기를 담고 있었다.

순정만화 덕에 무려 영문학의 걸작인 계관시인 테니슨 경의 『이녁 아든*Enoch Arden*』에 대한 영문 기사를 신문에 쓴 적도 있다. 물론 고등학교 동아리 영자신문반에서 쓴 것이고, 진실은 사기에 가깝지만. 축제 때 발간할 영자신문에 뭐든 기사 하나를 써야 하는 상황에서, 나는 만홧가게에서 『이녁 아든』을 원작으로 한 순정만화를 읽은 기억을 떠올린 것이다. 나름 글재주를 발휘하여 아름답게 쓴 것으로 기억하는데, 굳이 이런 걸 쓴 속내는 축제 때 올 다른 학교 여학생들에게 이걸로 어필할 수 있지 않을까 하는 망상. 하지만 현실은 시궁창. 여학생들은 브레이크댄스 추는 애들 보느라 정신없어서 나눠준

영자신문은 바닥에 깔고 앉는 용도로만 사용했다. 난파되어 표류한 선원 이녁이 천신만고 끝에 고향에 돌아와 보니 사랑하는 아내는 재혼하여 단란한 가정을 꾸리고 있기에 아내의 행복을 위해 쓸쓸히 돌아서는 자기희생의 이야기인 『이녁 아든』에 대한 나의 심혈을 기울인 영작문은 여학생들의 아름다운 둔부를 바닥의 냉기와 더러움으로부터 안온하게 보호하는 용도로만 쓰였던 것이다……

더욱 '웃픈' 것은 영어 선생조차 내가 쓴 글을 읽지 않았고, 유일하게 그 글을 읽고 코멘트한 이는 노총각 불어 선생이었다는 점이다. 고등학생이 『이녁 아든』을 읽다니 대단하다고 지나가듯 칭찬을 해주셨다. 『이녁 아든』을 읽고 눈물 흘리는 청순한 문학소녀 따위는 옛날 청춘영화에나 나오는 클리셰. 실제로 그런 걸 읽는 사람은 노총각 불어 선생. 과분한 칭찬에 대한 양심의 가책으로 나는 "아니에요. 그냥 어떻게 줄거리만 알게 되어 좋은 것 같아 썼을 뿐예요"라고 했더니 선생님은 "짜식, 겸손한 척 안 해도 돼, 인마". 세상은 알고 보면 이런 식으로 허술하게 돌아간다는 불편한 진실.

여하튼, 나의 고등학생 시절은 '순정만화 시기'라고 해야 할 만큼 순정만화에 빠져 있었다. 돌이켜보면 그 시기가 내게 준 큰 선물이 하나 있다. 나와 다른 성性인 사람들의 내면을 간접적으로나마 경험해볼 수 있었다는 것이다. 어려서부터 많은 명작들을 읽어왔지만 그 명작들의 대부분은 나와 같은 남성의 시점으로 쓴 것들이었다. 주인공인 남성들의 욕망, 번뇌, 방황은 실감나게 묘사되어 있었지만, 등장하는 여성들의 내면은 알기 힘들었다. 그녀들은 그저 신비로운 존재였다. 눈부시게 아름답거나 눈물겹게 희생적이거나. 무슨 "영원히 여성적인 것이 우리를 이끌어올린다"는 늙은 괴테 은교 찾는 소리나 '자애로운 국모' 등등의 마거릿 대처 탄광노조 굴복시키는 소리 말이다. 아니, 인구의 50퍼센트는 신비화하기엔 지나치게 큰 집단 아닌가.

생각해보면 예술이라는 이름으로 우리 선조 남성들은 이천 년 동안 끝도 없이 '남자가 온 세상을 떠돌며 방탕하게 놀고 다니는 동안 아름답고 순수한 처녀는 고향에서 지고지순하게 그를 기다리다가 자신을 희생함으로써 타락한 남자를 구원에 이르게 한다' 유의 철면피스러운 이야기들을 재생산해온 것 아닐까. 파우스트와 그레트헨, 페르귄트와 솔베이지, 오해로 도망간 신랑을 평생 초록저고리 다홍치마 입고 앉아 기다리다 매운재가 되어 폭삭 내려앉는 서정주의 『질마재 신화』 새색시까지.

처음 순정만화의 진입 장벽으로 느껴진 것 중 하나가 '캔디 현상'이었다. 평범한 여자 주인공을 둘러싼 모든 잘난 남자들이 모두 여주를 좋아하는 놀라운 현상이다. 비현실적인 판타지라며 웃곤 했다. 그런데 생각해보면 내가 내 욕망을 투사하며 읽었던 책들은 뭐가 다른가? 『구운몽』의 팔선녀는 양소유를 팔분의 일씩 공유하는 것이 정말 그리 좋았을까? 하루키 소설에 등장하는 아름다운 여성들은 왜 늘 '평범한 외모'로 묘사되는 남자 주인공에 곧바로 호감을 느끼곤 하는 걸까.

결국 이야기란 각자의 욕망과 감정이 투영되어 있는 것이다. 그런데 내가 접했던 그 수많은 이야기의 주어는 대부분 남성에 편중되어 있었다. 여성 작가가 쓴 『제인 에어』『빨간 머리 앤』『작은 아씨들』이 유독 새롭게 느껴졌던 이유도 여기에 있다. 이런 작품들을 통해 겨우 여성이 주어인 세계를 잠시 엿볼 수 있었다. 아무리 똑똑해도 교사가 되는 것 정도가 꿈의 최대치인 세계 말이다.

순정만화의 세계는 반대였다. 무대가 연극이든 발레든 혁명이든 여성이라 하여 주변에만 머무르는 일은 없었다. 여성 캐릭터들도 경쟁하고, 좌절하고, 우정을 맺었다. 남자가 주인공이라 하더라도 여성의 감각이 녹아 있었다. 그동안 본 적이 없는 다양한 감성의 남성들이 등장했다. 당시로서는 파격적이게도 동성애도 자주 등장했다.

어쩌면 나는 동네 만홧가게의 초라한 순정만화 코너에 앉아 나도 모르는 채 세계의 균형을 맞추고 있었는지도 모르겠다. 사람이란 두 가지 성으로 간단히 분류할 수 있는 단순한 존재가 아니다. 개인마다 욕망도 감성도 무지개 색깔의 스펙트럼이 미세하게 변화하듯 다양하다. 나와 반대로 만홧가게 안쪽, 공을 던지거나 차고 사람을 때리거나 걷어차는 만화들이 더 취향에 맞는 여학생들도 있었을 것이다.

여학생은 순정만화 코너에, 남학생은 소년만화 코너에 일사불란하게 나뉘어 앉아 가끔 서로를 힐끔거리던 그때의 만홧가게가 떠오른다. 우리는 그곳에 머물러 있지 말아야 한다.

『슬램덩크』가
가르쳐준 것

                평생 참 많은 만화를 즐기며 살아왔다. 언뜻 떠오르는 것만도 『메존일각』『닥터 스쿠르』『데스노트』『기생수』, 이토 준지 공포 컬렉션,『송곳』『신과 함께』『도련님의 시대』『바닷마을 다이어리』, 마스다 미리 시리즈……끝도 없다. 그런데 그중에서도 몇몇 대사와 장면이 자꾸 떠오르곤 하는 것이 『슬램덩크』다.

  물론 워낙 엄청난 히트작이다. 어떤 세대, 특히 남성들에게는 좀 과장하자면 성경과도 같은 작품일지도 모른다. 누군가가 '『슬램덩크』가 가르쳐준 것들' 같은 자기계발서를 쓰면 베스트셀러가 될 것이 틀림없다. 다만 이노우에 다케히코로부터 원화 사용을 허락받는다면 말이다.

내 경우는 소년 시절이 훨씬 지난 칙칙한 고시생 시절에 주로 읽었는데도 기억에 깊이 남아 있다. 오죽하면 드라마 〈미스 함무라비〉 대본에 두 번이나 『슬램덩크』에 대한 오마주를 바쳤을까. 드라마 속 정보왕 판사가 배곤대 부장판사에게 외치는 "부장님의 영광의 시대는 언제였죠?"와 주인공 박차오름에 대한 징계회부가 철회되었다는 소식에 앙숙이던 정보왕과 천성훈(화장실 판사)이 자기도 모르게 하이파이브를 하고는 바로 외면하는 장면.

왜 기억에 깊이 남았는지 생각해보면 바로 그 칙칙한 고시생 시절이었기 때문인 것 같다. 그것도 한 번 2차 시험에 떨어져서 기약 없이 1차부터 다시 시험공부를 시작한 신림동 고시생. 그 정도야 고시 공부하면서 흔히 있는 일이지 뭐 대단한 일이냐 하겠지만 인간이란 원래 주관적이다. 부끄럽지만 그때까지 나는 내가 대단히 천재인 줄 알았다. 대학 들어갈 때까지 공부보다 독서나 음악 듣기 등 딴짓에 열중하면서도 성적은 늘 잘 나왔기 때문이다.

하지만 세상은 만만하지 않았다. 두꺼운 법학 서적들은 요령껏 휘리릭 보아 넘길 수 있는 것이 아니었다. 자만한 채 수업도 제대로 들어가지 않던 무늬만 법대생이 뒤늦게 펼쳐보

앉자 검은 것은 글씨요 흰 것은 종이일 뿐이었다. '어음행위 독립의 원칙' '무인성無因性' 등등의 암호가 빼곡한데, 다시 한 번 부끄럽지만 나는 처음 보는 개념도 읽기만 하면 쏙쏙 다 이해할 수 있을 거라 생각했었다. 아니었다. 꾸역꾸역 읽어가다가도 도대체 이해가 가지 않는 부분이 암초처럼 곳곳에 도사리고 있었다.

더욱 부끄러운 것은 주제에 자존심은 남아 있어서 친구들에게 이게 대체 뭔 소리인지 물어보지도 못하고 혼자 어떻게든 이해해보려고 끙끙거렸다는 점이다. 다들 나는 놀다가도 공부만 시작하면 금세 붙을 거라 여기고 있었고, 나는 그런 시선 따위에 우쭐하는 타입이 아니라고 스스로 생각하고 있었지만, 실은 완전 우쭐하고 있었던 것이다.

그 당시 공부한답시고 도서관에서 내가 하고 앉았던 짓들은 다음과 같다. 억지로 법서 내용을 머리에 넣으려고 삼십 분 정도 용을 쓴다. 한 시간 동안 엎드려 잔다. 삼십 분 동안 화장실에 다녀온다. 다시 책을 펴는 것이 아니라 계산을 시작한다. 앞으로 한 시간에 몇 페이지씩 읽고 하루 몇 시간씩 공부하면 이 책을 끝낼 수 있는지. 그 계산을 하는 동안 시간이 흘러서 분모가 작아진다. 다시 계산을 시작한다. 이번에는 내가 딴짓할 확률까지 포함하여 보다 정교하게 계산식을 세운다. 배가 고파온다. 밥을 먹으러 간다.

그렇다. 전형적인 공부 못하는 애가 망하는 패턴이다. 그 결과 시험에 떨어지는 건 당연했다. 세상은 냉정하다. 시험에 떨어진 후 나에 대한 평가가 많이 달라져 있음을 느낄 수밖에 없었다. 실은 그저 자격지심이었는지도 모른다. 어울리던 친구들 상당수는 먼저 합격하여 꽃길로 떠났고, 난 모든 걸 처음부터 새로 시작해야 했다. 미래에 대한 불안보다도 이 지긋지긋한 공부를 또 해야 한다는 게 더 싫었다. 그래서? 또 계산을 시작했다. 앞으로 일 년간 하루에 몇 시간씩 공부하면 몇 회독을 할 수 있고……

계산조차 질리고 난 후, 집에는 공부하러 나간다고 아침 일찍 나가서는 노량진이나 서울역으로 향했다. 대형 만홧가게가 있는 곳들이었다. 온통 담배 냄새와 찌든 고린내, 손님들이 시켜 먹은 짜장면 냄새가 가득한 그곳들에서 나는 아침 일곱시 반부터 밤 열두시까지 만화를 읽거나, 엎드려 잤다. 자다가 일어나 눈을 비비며 둘러본 만홧가게 손님들의 퀭한 눈은 나와 다르지 않았다. 그곳은 상하이의 아편굴 같은 곳이었다. 시간이 고여서 멈춰 있는 곳.

내가 『슬램덩크』를 읽은 것은 이 시기, 이 공간이었던 것이다. 그리고 그 안에는 "정말 좋아합니다. 이번엔 거짓이 아니라구요"라고 누구 눈치도 보지 않고 이야기하는, 정말 뭔가가 좋아서 미쳐버리겠는 아이들의 환희가 가득했다. 눈부셨다. 거기엔 하기 싫어 죽겠는데 억지로 시늉만 내고 있는 자 따위는 없었다. 나는 묘한 슬픔 속에서 그걸 읽었다. 내가 있는 곳은 전혀 눈부시지 않았기 때문이다.

『슬램덩크』에는 숱한 명장면과 명대사가 있지만, 그때의 내게 가장 깊이 와닿은 장면은 조금 엉뚱하다. 체격은 좋지만 팀 동료만큼 천재적 재능이 없는 센터 변덕규가 자신의 한계를 인정하며 스스로에게 하는 말, "난 팀의 주역이 아니어도 좋다"였다. 난 이 대사가 이상할 만큼 뭉클했다. 위로가 되는 말이었다.

이 대사와 겹쳐지는 말이 또 있다. 〈무한도전〉 초기 시리즈인 〈무모한 도전〉 당시에 유재석이 외쳐대던 "○○○ 씨는, 에이스가, 아니었습니다!!"라는 멘트. 지하철보다 빨리 달리기, 목욕탕 물을 배수구보다 빨리 바가지로 퍼내기 등 말도 안 되는 도전을 멤버들이 차례로 시도해서 미친놈처럼 애를 쓰다가 실패해서 넘어진다. 함께 용을 쓰다가 좌절해 있던 유재석은 갑자기 벌떡 일어나 "좋은 소식이 있습니다!"라고 외친다. "이번에 도전했던 ○○○ 씨는, 에이스가, 아니었습니다!!" 그러면 큰 경사라도 났다는 듯 다들 일어나 박수를 치며 다음 도전자의 등을 떠미는 것이다.

왠지 모르겠지만 나는 이 두 가지 말이 참 좋았다. 팀을 위해 각자의 역할에 충실하자는 맥락에서 좋다는 것이 아니다. 난 그렇게 이타적인 인간이 못 된다. 그냥 나 자신을 위해 힘이 되는 말이어서 좋았다. 사람은 누구나 자기가 특별한 존재이길 원한다. 나도 마찬가지다. 하지만 살아가면서 무수히 자신이 얼마나 별 볼 일 없고 뻔한 존재인지 자각하게 되는 순간을 맞게 된다. 시험에 붙고 떨어지고 하는 문제만 얘기하는 것이 아니다. 자신의 속물 근성, 이기심, 뻔뻔함, 냉정함, 남들 안 보는 데서 저지르는 실수들…… 자기혐오에 빠지게 만드는 자신의 민낯은 언제나 내 뒤를 쫓아온다. 외면해도 소용없다.

그런 주제에 자꾸만 잊어버린다. 욕심이 앞선다. 우쭐해한다. 이미 과분할 만큼 실제 능력 이상의 좋은 결과를 운좋게 얻은 주제에 별 노력 없이 뭔가 대단한 일을 해낼 것 같은 과대망상에 빠질 때가 많다. 보고 들은 건 많아서 눈높이는 하늘 끝까지 가 있으니 문제다. 그러다가 조금만 벽에 부딪혀도, 조금만 안 좋은 뒷말을 들어도 마음이 상한다.

암담하던 고시생 시절은 벗어났지만 뭔가 새로운 시도를 할 때마다 벽에 부딪히곤 한다. 그럴 때 떠올린다. 그래, 나는 에이스가 아니었어. 팀의 주역이 아니면 어때? 그냥, 내가 좋아하는 걸 하고 있으면 그걸로 족한 거 아냐? 누가 비아냥거려도 웃을 수 있게 된다. 죄송합다. 제가 원래 에이스가 아니거든요.

내가 감히 이렇게 책도 쓰고, 신문에 소설도 쓰고, 심지어 드라마 대본까지 쓰고 할 수 있었던 힘은 저 두 마디에서 나온 것 같다. 나도 내가 김영하도 김연수도 황정은도 김은숙도 노희경도 아닌 걸 잘 알지만, 뭐 어때? 어설프면 어설픈 대로, 나는 나만의 '풋내기 슛'을 즐겁게 던질 거다. 어깨에 힘 빼고. 왼손은 거들 뿐.

대륙의 이야기꾼들,
김용과 위화

       평생 가장 재미있게 읽은 책이 무어
냐고 물으신다면 잠시 고민은 하겠지만 결국 김용 소설들을
꼽을 것 같다. 같은 책을 여러 번 읽는 편이 아닌데, 그의 소설
은 최소 세 번씩은 읽은 것 같다. 출간된 전작을 모두 다 읽은
것은 기본이고, 심지어 아쉬움에 몸부림치다가 그의 작품으
로 위장한 위작 『화산논검』까지 읽고는 후회한 적이 있다.

   그렇다고 장르로서의 무협소설을 좋아한 것은 아니다. 장
풍 쏘고 휙휙 날아다니고 하는 무술에는 관심도 없다. 오로지
김용의 소설을 좋아했다. 그의 작품들이 갖는 '이야기의 힘'에
매료된 것이다. 무공은 거들 뿐.

'성격이 곧 운명'이라는 말처럼 김용의 주인공들은 자신의 성격 때문에 끊임없이 고난을 겪지만 담담히 받아들이며 자기 갈 길을 간다. 셰익스피어의 고전 비극과도 통하는 면이 있다. 포레스트 검프처럼 머리가 좋지는 않지만 우직하고 의로운 곽정, 햄릿처럼 우유부단한 장무기, 모든 구속에 반발하는 자유로운 영혼 영호충, 불운의 아이콘과도 같은 양과……

주인공들뿐만 아니라 김용 소설에 등장하는 대부분의 인물들은 어딘가 한 군데씩은 고장난 사람들이다. 고장의 원인은 다양하다. 타고난 괴팍한 성품이거나, 잘난 형제에 대한 열등감이거나, 어릴 적부터 노인이 될 때까지 한결같은 사매에 대한 사모의 마음이거나, 벗에 대한 지키기 힘든 맹세이거나, 부모의 원한이거나. 현실의 사람들은 시간이 지나면 지난 일은 잊고 앞으로 나아간다. 하지만 김용이 그리는 인물들은 한순간의 약속, 한순간의 정에 어리석을 만큼 평생을 건다. 그 끝을 보여주는 인물이 『신조협려』의 고독한 여인 이막수다.

젊은 날의 실연이 한이 되어 평생 맹목적인 복수와 살육을 일삼는 광인이 된 이막수의 최후야말로 김용이 그려낸 세계 중 가장 인상적인 장면이 아닐까. 그녀는 사랑하는 사람을 생각하면 독이 온몸에 퍼지는 정화情花 가시에 찔려 독이 발작하자, 시구 한 구절을 읊으며 불속으로 뛰어든다.

問世間 情是何物 直敎生死相許

세상 사람들에게 묻노니 정이란 무엇이기에 생사를 가름하느뇨?

이들의 이 징그러울 정도로 우직한, 또는 어리석은 한결같
음에 혀를 차게 되면서도, 조변석개하는 얄팍한 현실의 세상
인심을 생각하면 차라리 저 어리석은 한결같음에 그리움을
느끼게 된다. 그것은 작가 김용이 자신의 인물들을 바라보는
시선 때문인지도 모르겠다. 그는 자기 결점 때문에 스스로 자
기 삶을 망치고 마는 인물들을 그리면서도 차갑게 조소하기
보다는 안타까움을 담는다. 이 한 조각 연민이 김용 소설을
흔한 무협소설들과 구분 짓는 것 아닐까. 실은 우리 인간들은
정도만 다를 뿐, 누구나 어디 한 군데씩은 고장나 있지 않은
가. 그리고 그것 때문에 어리석게도 스스로 고통받는 길을 걷
기도 한다. 그런 인간의 숙명에 대한 연민은 이야기에 보편성
을 부여한다.

그리고 김용의 이야기에는 가장 힘든 순간들 사이에도 유
머가 있다. 엉뚱한 괴인, 똑똑한 바보, 능청맞은 꼬마가 궁정
의 광대처럼 나타나 무시무시한 절대 고수를 현란한 말장난
으로 가지고 놀곤 한다. 그런 유머가 아예 작품의 뼈대를 이
루는 『녹정기』에 이르면 무협소설이 아니라 해학소설이라고

불러야 할 지경이다.

유머로 긴장을 누그러뜨리고 연민을 담아 지켜보지만, 결국 김용이 그리는 세상 역시 탐욕과 배신이 판을 치는 아수라장이다. 하지만 그 모든 것의 끝에는 낙관주의가 있다. 존경받던 정파의 수장이 자기 탐욕을 위해 동지들을 죽이고 있었든, 마교魔教의 교주가 세상을 제패하기 일보 직전이든, 결국 우직하게 자기 소신을 지키던 주인공은 파국을 막아내고 한 조각 희망을 남긴다. 그 과정에서 이미 세상은 많이 망가져버렸지만 그래도 일상은 또 시작된다. 이 낙관주의와 유머, 연민이야말로 오랫동안 살아남는 '이야기의 힘'이 아닐까 싶다. 어린 시절 읽던 그 많은 고전 명작들이 오래 기억에 남는 이유도 여기에 있다.

그에 비하면 요즘의 소설들은 '이야기의 힘' 자체보다는 다른 요소들에만 힘을 기울이는 것 아닌가 싶을 때가 많다. 때로는 작가가 독자를 이야기로 끌어들이려 하기보다 한사코 밀어내려 한다는 느낌을 받곤 한다. 생경한 관념어와 뚝뚝 끊어지는 구조, 현란하기만 하고 피로감이 이는 미문 집착, 작가 내면 독백의 과잉, 모호한 결말, 그리고 말미에는 평론가의 격찬. '일기는 일기장에 쓰세요……'라는 말이 절로 나오는 작품들이 있다.

그러다가 오랜만에 투박하지만 오래된 이야기의 맛을 느끼게 해준 소설이 위화의 『인생』이다. 몇 페이지 읽자마자 작가의 능수능란한 이야기 솜씨와 능청맞은 문체에 정신을 빼앗겼다. 루쉰이 『아큐정전』 스타일로 펄 벅의 『대지』를 다시 쓰면 이런 작품이 되지 않을까? 『대지』를 연상시키는 중국 현대사 격변기 민초의 이야기인데, 비극적인 이야기도 능청스러운 유머로 눙치며 시장통 이야기꾼의 옛날이야기같이 흘러간다. 소설 읽는 재미에 중독되었던 나의 소년 시절을 다시 떠올리게 만들었다.

『인생』은 잡다한 분칠 없이 『일리아드』 『오디세이』 『아라비안나이트』 『수호지』 등 소설의 원형에 가까운 이야기꾼의 구라(고급지게 말하면 구비문학) 같다. 복잡한 지하철에서 읽어도 금세 이야기에 몰입된다. 위화는 정말 세계 최고의 이야기꾼 중 하나인 듯싶다. 복잡한 구성 하나 없이 시골 노인의 느긋한 구라가 구비구비 이어지고, 또 그것이 꽤나 전형적이고 익숙한 이야기인데, 독자를 완전히 몰입시켜 가지고 논다. 처음엔 시큰둥하게 읽기 시작했다가 27페이지쯤(푸구이의 난봉꾼 도련님 시절 뚱뚱한 기생과 놀아나는 장면. 해학적인 판소리를 연상시킨다)부터 이미 두 손 들고 영접 모드에 돌입했다.

여성 캐릭터들을 비현실적일 만큼 순종적이고 희생적으로

그리고 있다는 점은 불편했지만, 그 캐릭터들이 안쓰럽고 짠해서 견딜 수 없게 만들어버리는 재주만큼은 기가 막히다. 사람의 감정선을 건드리는 법을 너무 잘 안다. 가난 때문에 말 못하는 딸 평샤를 남의 집에 보냈다가 도망쳐 돌아온 딸을 차마 다시 보내지 못하는 장면에서는 가슴이 미어졌다.

번번이 나오는 인물들에 정이 가게 만들고, 번번이 죄 없는 그들에게 너무나 가혹한 운명을 선사한다. 이건 뭐 『왕좌의 게임』 쓰는 조지 R. R. 마틴 영감 못지않다. 나중에는 해도 해도 너무해서 작위적이라는 느낌까지 든다. 그러나 또 한편 대약진운동, 문화대혁명이라는 미친 바람이 몰아치던 시기 중국의 민초들이 겪어야 했던 끔찍한 고난을 떠올려보면 현실이 더하면 더했을 거라는 생각이 든다. 날것으로는 도대체 읽기도 힘들었을 고통스러운 이야기를 웃음과 눈물로 읽게 만든 힘 역시 낙관주의와 유머, 연민이다.

위화의 세 권짜리 소설 『형제』는 『인생』과는 결이 다르다. 유머와 풍자는 있지만 그 이상은 없는 것 같아 여운은 덜하다. 그래도 정말 재미는 있다. 정말 더럽고, 웃기고, 야하고, 눈물 나고, 갈 데까지 가고도 더 가는, 과잉의 끝이었다. 천명관의 『고래』를 뻥튀기 기계에 넣어 튀겨내면 『형제』 같은 괴물이 나올 듯하다. 그 과잉 때문에 품격이 떨어진다고 눈살을 찌푸리는 분들도 있겠지만 소설이란 게 원래 장터에서 구라꾼들이 입에 침 튀기며 온갖 개뻥과 음담패설을 늘어놓던 것에서 출발한 것 아닌가. 오히려 요즘 한국소설이 너무 깔끔 단정하게, 문학상 심사위원 취향에 맞게, 축소 지향적으로만 가는 건 아닌지. 물론 우리 소설 중에도 천명관의『고래』, 김언수의『설계자들』, 김영하의『검은 꽃』등 기가 막힌 이야기꾼의 솜씨를 보여주는 작품도 많지만, 늘 아쉽다. 이 기막히게 재미있는 이야기를 더 느릿느릿 장대하게 죽 써주면 안 되나 싶어서. 길면 안 읽어서 그러나? 아, 원래 재밌는 소설은 기본이 세 권에서 한 열 권 되는 게 당연한 거 아니에요?

책 읽는 것조차
폐가 될 수 있다니

고3 때 기억이다. 난 남을 위해 대단히 헌신할 자신은 없지만, 최소한 남에게 피해는 끼치지 않고 살 테니 다들 날 건드리지 말아줬으면 좋겠다는 생각을 하며 살고 있었다. 그게 생각보다 쉬운 일이 아니라는 걸 깨닫게 된 일이 있다.

아무리 고3이지만 일정량의 '빈둥거림'이 산소처럼 필요한 체질이라 짬짬이 만홧가게에 가거나 도서관에 가서 소설책을 읽기도 했다. 그건 여유 부리는 것이 아니라 나라는 기계의 작동 방식이었다. 어떤 기계는 일정하게 종일 돌려도 되지만 어떤 기계는 가동 시간은 줄이되 돌릴 때 고강도로 돌리고 남은 시간은 열을 식히며 쉬게 해주는 게 최대 효율을 내는 방법일 수 있다. 내 경우는 소설을 읽으며 휴식을 취하는 것이 공부에도 도움이 되었다.

책상 앞에 앉아서 오늘은 몇 시간 공부했네, 목표가 몇 시간이네 하지만 냉정하게 관찰해보면 몇 시간 공부했는지 계산해보고 목표 세우는 시간, 공부하기 싫어서 괴로움에 몸부림치는 시간, 그러다 반성하는 시간, 단지 멍때리는 시간 등이 상당 부분을 차지한다. 경험을 통해 이를 충분히 깨달은 나는 그럴 바에야 공부하다 막히면 미련 없이 재미있는 책이라도 읽자, 그러다가 불안해지면 공부하겠지, 라는 노선을 취하고 있었다.

그 결과 고3 때 오히려 짬날 때마다 전투적으로 책을 읽은 것 같다. 인간 심리라는 것이 묘해서 가장 바쁠 때 오히려 여가에도 독서나 운동, 글쓰기 등 생산적인 일을 하게 되고, 한가할 때는 그냥 소파에 늘어져 티브이만 보게 된다. '상대적 선호의 법칙'이랄까, 지금 해야 하는 일이 하기 싫을수록 그 외의 모든 일들이 평소보다 훨씬 재미있게 느껴진다. 인생에는 어쩔 수 없이 적절한 긴장이 필요하긴 한가보다. 게다가 나야 워낙 책벌레 체질이었으니 공부와 독서가 경계선 없이 함께 가기도 했다.

짬짬이 읽는 책 한 구절 한 구절이 왜 이렇게 꿀잼이었는지…… 고마카와 준페이의 『인간의 조건』이 특히 좋았다. 일제의 침략 전쟁에 동원된 주인공이 그 지옥도 속에서도 인간됨을 지키기 위해 눈물겹게 분투하는 장대한 휴머니즘의 서사시인데, 주인공의 개고생에 눈물을 훔치다보면 입시공부가 훨씬 쉬운 일로 느껴지는 부수적인 효과도 있었다.

그런 나에게 도서관은 양자를 넘나들 수 있는 가장 좋은 공부 장소였다. 하루는 사직도서관에 가서 평소처럼 소설책 몇 권을 옆에 쌓아놓고 읽다 쉬다 하고 있었다. 먼저 집은 책은 이규형 감독의 영화 〈미미와 철수의 청춘스케치〉를 소설화한 책이었다. 대학생 연애질 이야기는 현실도피용(더 나아가 동기부여용)으로 적절했다.

남주(농구부)가 경기중 상처 입은 머리에 붕대를 맨 채 고군분투하다 자유투를 정확히 던지기 위해 붕대를 터프하게 풀어버리는(다시 요약하면 어머, 어째~ 하고 있는 여학생들을 열광시키는) 장면을 읽고 있는데 뒤에서 누군가 어깨를 툭 치는 거다. 돌아보니 처음 보는 남자였다. 무슨 일이시죠? 물으니 잠시만 얘기 좀 하게 나오라는 거다. 굳은 그의 표정에 살짝 긴장한 채 따라서 복도로 나갔다. 평화주의자인 내가 평소 동네에서 누구와 문제를 일으킬 일이 없는데 도대체 무슨 일인지 어리둥절했다.

그는 내 고교 선배였고, 재수중이었다. 원하는 대학에 가기 위해 죽어라 노력했지만 떨어진 후 재수를 하며 사직도서관 문이 열리는 시간부터 닫히는 시간까지 매일 열심히 공부를 하고 있다고 했다. 그런데, 내가 소설책을 잔뜩 쌓아놓고 킬킬 대며 읽고 있는 꼴을 보니 눈이 뒤집히더란다. 나는 놀랐다. 왜요? 아니 내가 뭘 하든 무슨 관계가 있기에……

나는 그를 모르지만 그는 나를 알고 있었다. 어찌어찌하다 보니 나는 동네에서 공부깨나 하는 학생으로 소문이 나 있었 던 모양이다. 그런데 그 소문의 주인공이 자기는 인생을 걸고 공부하는 도서관에 와서 여유를 과시하듯 놀고 있는 걸 보니 재수하는 자기 신세가 더 비참하게 느껴졌다는 거다. 놀려면 다른 곳에 가서 놀면 안 되겠느냐며.

아니 저라는 기계의 작동 방식은요…… 라고 항변을 하기 엔 그의 표정이 너무 심각해 보였다. 나는 소설책을 반납하고 집으로 돌아왔다.

돌아오며 생각했다. 억울하기도 하고, 항변하지 못한 자신 이 창피했다. 내가 뭘 잘못했지? 아니, 세상에 책 읽는 것조차 남에게 폐가 된단 말야?

투덜대며 걷던 내 머리를 순간 스친 생각이 있었다. 나는 늘 누구에게도 폐 안 끼치고 살 자신이 있다고 생각했다. 하지만 내 존재 자체가 누군가에게 폐가 될 수도 있는 거였다. 우연히 단지 공부 하나는 잘하게 태어나서 상대적으로 노력을 덜하고도 좋은 성적을 얻는 자의 존재란 죽을 만큼 노력하고도 좌절을 반복하는 이에게는 상처와 절망을 줄 수 있는 것이었다. 내가 아무런 악의를 갖고 있지 않더라도 말이다.

입장을 바꾸어 생각해보면, 나는 부잣집 친구들은 부럽지 않았지만 부모님이 모두 계시고 화목한 친구네 집은 너무나 부러웠다. 중학생 때 그런 친구가 하나 있었다. 한번은 내가 어느 먼 나라에서 대형 사고로 사람이 많이 죽었다는 소식을 듣고는 "인구 문제, 식량 문제가 심각한데 잘됐네"라며 비뚤어진 소리를 뱉은 적이 있다(그때 난 매사에 이런 식이었다). 그랬더니 그 친구가 깜짝 놀라며 "그분들이 돌아가시지 않았다면 열심히 일하고 좋은 발명을 해서 더 많은 사람들이 잘살게 될 수도 있지 않니?"라고 했다. 그때 분명히 내 비뚤어진 좁은 소견이 부끄러워졌으면서도, 한편으로는 못난 반발심이 들었다. '행복한 가정에서 구김살 없이 자라는 도련님이시라 세상이 다 장밋빛으로 보이는군.' 아닌 척했지만 사실 그 집에 놀러갈 때마다 그 건강하고 사랑이 넘치는 분위기가 부러우면서도 비뚤어진 나 자신이 더 비참하게 느껴지곤 했었다. 그 친구도, 그 집 식구들도 모두 내게 너무나 잘 대해주고 있었지만 말이다.

누구에게나 결핍은 있다. 내가 갖지 못한 것을 누리는 타인의 존재를 편하게 받아들일 만큼 수양이 된 사람은 많지 않다. 꼭 누구를 착취하고 부당한 방법으로 부자가 된 사람이 부를 만끽하는 모습만 꼴 보기 싫은 게 아니다. 정당하게 자신의 재능과 노력으로 성공한 사람이라 하더라도 그가 자신의 성취를 누리는 당연한 자유가 누군가에게는 의도적인 과시로 비쳐 증오를 낳을 수도 있다.

그건 부조리하다고 생각했지만, 인간 세상은 원래 부조리하다. 논리의 문제가 아니었다. 세상 모든 것은 결국 연결되어 있다. 나 홀로 관계로부터 단절되어 세상과 영향을 주고받지 않고 사는 건 불가능하다. 관계의 촘촘한 거미줄 속에서 나는 원하든 원치 않든 누군가에게 상처를 주거나 상처를 받으며, 또는 도움을 주거나 도움을 받으며 살아가는 것이다.

옛날 어느 선사는 산길을 걸을 때 꼭 지팡이로 땅을 쿵 내리치며 걸었다고 한다. 작은 동물들이나 벌레들이 미리 피하여 혹시나 자기에게 밟히는 해를 입지 않도록. 하지만 그가 내리치는 지팡이, 걷는 발걸음 하나마다 땅속의 무수히 많은 미물들이 밟혀 죽었을 것이고, 그가 숨을 들이쉴 때마다 미생물들이 입안으로 따라 들어갔을 것이다. 생명은 늘 다른 생명을 해치며 살아간다. 개인의 선의, 악의와 상관없이 말이다.

그렇다면 객관적으로 나의 잘못이 아닌데도 나로 인해 고통받는 타인이 있다면 어떻게 해야 할까. 나보다 강한 자가 내 자유를 부당하게 억압하는 상황이라면 맞서 싸워야 한다. 그런데 나보다 약자인 사람, 나보다 절박한 처지인 사람이 그렇게 나온다면? 그건 논리의 문제는 아니었다. 선택의 문제였다. 내 평소 사고방식대로라면 도서관에서 그 선배에게 유감이지만 이건 내 공부 방식일 뿐이라고 말하고 내 자리로 돌아갔어야 한다. 후배를 그런 식으로 불러낸 그 선배야말로 찌질한 짓을 한 것이다. 그런데 그렇게 하기에는 그 선배의 표정이 너무나 절박해 보였다. 아무런 심적 여유도 없이 찌들 대로 찌들어 있었다. 내게는 여기가 아니어도 선택의 여지가 얼마든지 있었다. 내 선택은 잘못된 건 아니구나, 생각이 들었다. 기특한 생각이긴 한데, 지금 돌이켜보면 역시 『인간의 조건』을 너무나 열심히 읽다보니 휴머니스트 주인공에 과하게 몰입했던 것 같기도 하다.

여기까지가 그때 집으로 터벅터벅 걸어 돌아가며 생각한 것들이었다. 나이 먹은 후, 친구 녀석과 세상 돌아가는 얘기를 하다 우연히 이 얘기를 했다. 그랬더니 그 녀석의 반응.

"하여튼 너란 놈은 반성을 해도 참 재수없게도 한다. 공부를 너무 잘한 탓에 존재 자체만으로 누군가에게 폐가 된다는 걸 돈오돈수로 깨쳤다니 그게 무슨 원효 해골 물 마시는 소리야?"

"아니, 그게 그런 소리가 아니……"

"됐어. 니가 무슨 기특한 생각을 했든 말았든 이 얘기 자체가 재수없어."

"그건 너무 억울한데……"

"억울할 건 또 뭐야. 그 순간에 깨달았다는 게 바로 이런 거 아냐?"

쳇.

80년대
대학가의 독서

대학에 들어간 후 나의 로빈슨 크루소식 고립주의 가치관은 심각한 위협에 처하기 시작했다. 막연히 낭만적 기대를 가졌던 대학 축제는 단체 줄다리기로 상징되는 '대동제'가 되어 있었고, 꼭 대동제가 아니더라도 대학은 뭐든 '개떼같이' 몰려다니며 '하나가 되어야' 하는 분위기였다. 개인적 행복 추구는 죄악시되는 분위기마저 어느 정도 있었다. 선배들은 옷깃만 스쳐도 붙잡고 "요즘 무슨 고민하니?"를 물어댔다. 여기서의 '고민'이란 범주가 제한적이었다. 유시민의 「항소이유서」 때문에 유명해진 네크라소프의 시구 "슬픔도 노여움도 없이 살아가는 자는 조국을 사랑하고 있지 않다"가 진지한 얼굴 가득히 쓰여 있는 선배의 질문에 장기하 식으로 "요즘 별일 없이 사는데요, 별다른 고민 없고"라고 대 꾸하는 데에는 상당한 용기가 필요했다.

그럼에도 불구하고 일관성 있는 '나르치스'파 가치관을 지 닌 나는 단지 이쁜 여자애들이 있다는 이유만으로 내가 졸업 한 고교 및 같은 동네 여고의 동문 대학생 조인트 서클에 가 입했는데, 시절이 시절인지라 운동권 서클도 아닌 이 서클조 차 선배들이 짜놓은 커리큘럼에 따라 사회과학 세미나를 했 다(당시에는 스키 동아리에서도 적어도 『해방전후사의 인식』은 읽는다는 시대였는데, 그건 헛소문이었지 싶다). 다른 학내 운동 권 서클에서 공부 좀 한 고참 선배들이 아무리 놀자는 취지의 동문 조인트 서클이지만, 대학에 들어왔으면 최소한 이 정도 는 알아야 한다며 커리큘럼을 짠 것 같다.

당시 읽었던 세미나 책들은 대체로 '알기 쉬운~' 어쩌고로 시작하는 책들이었는데, 지금 생각하면 아쉬운 점이 많은 책 들이었다. '금서'라는 게 존재하던 시절이었기에 사회과학 서 적이 다양하고 전문적으로 출판되기도 힘들었고, 나와 있는 책들은 번역도 조악해서 의미를 파악하려면 신통력이 필요하 곤 했다.

무엇보다 아쉬웠던 것은 성급함이었다. 잘못된 현실을 폭로하고 분노하는 것까지는 좋은데, 거기서 곧바로 다른 체제만이 현실을 바꿀 수 있는 유일한 정답인 것처럼 너무 성급하게 결론짓곤 하는 책들이었다. 그 책들을 신입생들에게 권하던 선배들의 성급함이 그들의 분노와 절박함에서 비롯했음도 안다. 노동 현장에서, 철거 현장에서 죽고 다치는 이들의 고통을 바로 곁에서 목격한 그들은 기다릴 여유가 없었던 것이다. 하지만 선의도 탐욕만큼이나 위험할 수 있다. 성찰할 여유를 갖지 못한다면.

독서에서 배운 것이 있다면 세상에 쉬운 정답은 없다는 것이다. 그런데 80년대 대학가의 조급함은 정답을 정해놓고는 신입생들을 그곳으로 빨리 이끌려 했다. 그것은 독서가 아니라 학습이다. 독서란 정처 없이 방황하며 스스로 길을 찾는 행위지 누군가에 의해 목적지로 끌려가는 행위가 아니다. 정직하지 못한 경우까지 있었다. 신입생들의 '레드 콤플렉스'로 인한 부정적 선입견을 핑계삼아, 보편적인 철학·경제학 서적인 것처럼 포장하고는 실제로는 당시 중국이나 소련의 마르크스주의 교과서 내용만을 담은 책들이다.

떠오르는 장면이 하나 있다. 88년 여름쯤인가, 세미나를 앞두고 예습해야 하는데 도무지 이해가 안 간다는 서클 여자 사람 친구의 요청에 따라 서클 친구들 서식처의 하나인 동네 햄버거 집에서 콜라를 시켜놓고 그녀와 예의 '알기 쉬운~' 시리즈 철학책을 같이 읽은 적이 있다.

그 책은 온통 '모순' 개념의 설명으로 가득했다. 모순에는 여러 가지 범주가 있는데 기본 모순이 중요하고, 적대적 모순과 비적대적 모순이 있으며, 기타 등등 기타 등등 기타 등등.

시간이 흐른 뒤에 안 바로는 그 책은 마오쩌둥이 중국 혁명 과정에서 전략적으로 먼저 해결해야 할 목표를 설정하기 위해 기본 모순 개념 등을 창안한 저작인 『모순론』을 일부 발췌하여 거칠게 번역한 후 철학 입문서의 외피를 입혀 대학 새내기 교육용으로 만든 책이었다.

솔직히 지금 생각하면 코미디가 아닐 수 없다. 무슨 학생 운동가도 쥐뿔도 아니고 관심은 온통 미팅 소개팅 등에만 쏠려 있는 호르몬 충만의 대학 1학년생이었던 내가 동네 햄버거 집 구석자리에 앉아 자못 심각하게 '근데 기본 모순이란 말야……' '이건 비적대적 모순일까?' 어쩌고 하며 대강 내 멋대로 이해한 내용을 아는 척하며 떠들고, 순진한 친구는 큰 눈을 깜박거리며 열심히 듣고.

도대체, 도대체 왜 그때 갓 스물의 우리는 그 아름다운 여름 날에 마오쩌둥의 『모순론』 따위를 읽고 있었어야 했을까……

그 또한 모순이 아닐 수 없다.

이제 와서
'하루키 별로야'는 비겁해

언제부터인지 좋아하는 작가로 무라카미 하루키를 꼽는 것은 좀 모양 빠지는 일이 된 분위기다. 오히려 "난 하루키 별로야" "난 예전부터 다들 왜 하루키를 좋아하는지 이해가 안 갔어"라고 새침하게 얘기하는 게 모범 답안인 듯하다.

이해도 간다. 우선 삼십 년 동안이나 내내 인기가 높았으니 참신한 이름일 리 없고, 노벨문학상 단골 후보인 작가치고는 글이 쉽고 대중적인 이미지다. 엄청난 '선생님'이 아니라 인기 만화가 같은 느낌이기도 하다. 말하자면 '개나 소나' 좋아하는 작가라서 나의 '고급진 취향'을 드러내기에는 부적절하기에 반대로 '나는 별로' 노선을 취하는 게 유행이 된 것은 아닐까.

이런 것이 유행의 속성인 것은 당연하고, 하루키 소설이 자기 취향이 아니었던 독자들도 당연히 실제로 많을 것이다. 다만 예전에 하루키를 좋아했으면서 이제 와서 아닌 척하는 경우는 좀 비겁한 것 같다. 아니 무슨 예수님을 부인하는 베드로도 아니고 뭐가 그리 무서워서……

내가 증인이다. 나는 1989년 하루키가 문학사상사판 『상실의 시대』(책날개에 실린 후드 티 차림의 젊은 하루키 사진이 묘하게 귀여웠다)로 우리나라에 등장한 이후 십 년 넘도록 벌어졌던 열광 내지 난리통을 너무나 생생히 기억하고 있다. 독자들은 물론 평론가들, 삭가들까지 마치 한 시대가 끝나고 새로운 시대가 열린 것처럼 온갖 의미를 부여했었다. '개인의 탄생' '쿨cool 인간의 탄생' '도회적 라이프 스타일의 시대' 등등. 쿨 재즈에 뭐에 온통 쿨이 붙은 단어들이 유행했고, 하루키 유사품 소설이 쏟아져나왔는데, 그중에서도 내가 압권이라고 느낀 것은 당시 출간된 어떤 소설의 도입부였다. 남자 주인공이 고급 호텔 실내 풀장에서 수영을 하다가 수면 위로 올라오며 "쿠~울" 하고 독백하는(진짜다) 장면이었는데, 가히 충격적인 이 부분을 읽으며 세상만사가 대체로 그렇듯 자기 입으로 '쿨'이라고 외쳐대는 횟수는 실제 쿨한 성격과는 정확히 반비

례함을 느꼈다.

나는 대학 시절 『상실의 시대』(원제는 '노르웨이의 숲'이지만 내게는 돌이킬 수 없는 일이다. 루카와 가에데와 사쿠라기 하나미치가 내게 서태웅과 강백호인 것처럼)가 출간되자마자 거의 환장하도록 좋아하며 몇 번씩이나 읽었다.

이 소설은 하루키 소설 중에서 유일무이한 이질적인 소설이다. 리얼리즘과 거리가 먼 이야기를 쓰는 작가가 커리어 초반에 작심하고 '나도 리얼리즘 이야기를 쓸 수 있어!' 하는 결심으로 써본 작품이기도 하고, 모든 작가가 평생 한 번씩은 쓰게 되는 자전적인 이야기이기도 하다.

자전적인 요소가 있는 이야기를 리얼하게 쓴다는 건 위험한 일이다. 인간이란 누구나 대체로 찌질하고 인생이란 누가 반사판을 대주지 않기에 영화처럼 반짝반짝 빛나지 않는다. 범속하고 남루하고 지리할 때가 대부분이다. 자기 인생을 소설로 쓰면 대하소설 몇 개가 나온다고 생각하는 사람들이 많지만 혼자 생각일 뿐이다. 가끔 글에 자기 치부까지도 적나라하게 고백할수록 뭔가 대단한 글이 될 거라고 생각하는 사람들이 있는데, 남이 길에서 똥 싸는 걸 진지하게 봐줄 의무는 누구에게도 없다. 그건 그냥 노출증이다. 루소의 『참회록』조차 위인이라는 자들의 에고가 얼마나 비대하며 자기연민이

중증인지 보여줄 뿐이다. 인생 살면서 남에게 못할 짓한 죄책
감이 있거든 책을 쓸 것이 아니라 경찰서에 자수할 일이다.

결국 자전적인 이야기라 하더라도 편집된 이야기일 수밖
에 없다. 『상실의 시대』도 물론 엄청나게 자기중심적으로 편
집하고 부풀리고 반사판을 잔뜩 대서 미화한 이야기일 거다.
내가 하루키 대학 시절 친구가 아니어서 단언까지는 못하겠
지만, 대체로 현실에는 신비하고 아름다운 첫사랑 소녀가 푸
른 초원을 같이 걷다가 자위 행위를 도와주겠다고 제안하는
일도, 캠퍼스에서 마주친 통통 튀는 매력의 여대생이 포르노
영화관에 데려가달라고 조르는 일도 일어나지 않는다. 성기
가 엄청 단단하게 발기했다, 엄청난 양을 사정했다는 그야말
로 TMI(굳이 알고 싶지 않은 과한 정보)에 해당하는 묘사가 반
복되는 걸 보면 작가가 이 부분에 관한 어떤 트라우마가 있는
건 아닐까 의심하게 되기도 한다.

『상실의 시대』는 젊음과 많이 닮았다. 아닌 척하지만 나는
특별하다고 굳건히 믿고, 내 욕망에는 정당한 의미가 있다고
믿는다. 젊은 시절에 느끼는 '근원적인 상실감과 고독, 세상의
부조리'의 실체는 실은 충족되지 않는 성욕과 본인 미래에 대
한 불안일 때가 많다. 『상실의 시대』의 주인공 와타나베 역시
폭력적인 세상에 편입되지 않고 한 발 물러서서 관조하려 하

지만, 그러는 자신도 역시 본의든 본의 아니든 누군가에게 상처를 주고야 만다는 것에 대한 죄책감에 자꾸 변명을 하고 싶어지는 녀석이지 않을까.

그게 바로 내가 이 소설을 그렇게 좋아했던 이유다. 나도 바로 그런 녀석이었기 때문이고, 여전히 크게 달라지지 않았기 때문이다. 불완전하고 미숙해도 자기와 닮은 것에는 애정을 느끼기 마련이다.

이렇게 하루키를 엄청 좋아하면서도 나는 그의 소설 중 대부분이 당최 무슨 얘기인지 모르겠다. 예전부터 '양 사나이'니 '쥐'니 할 때부터 수상하더라니 『해변의 카프카』『태엽 감는 새』 등으로 나아가면서 점점 더 내가 뭘 읽은 건지 알 수 없게 되었고, 급기야 최근작인 『기사단장 죽이기』에는 무려 '메타포'와 '이데아'가 직접 등장해서 말까지 한다(진짜 이 대목에서는 생애 최초로 중도포기할 뻔)! 이렇다보니 하루키 소설에 대해서는 게임 공략집이나 SF만화 설정집처럼 각종 해설서까지 등장하는데, 근본적으로 남의 일에 그다지 관심이 없는 나는 하루키 머릿속을 이해하기 위해 그 정도의 노력을 기울일 의지까지는 없었다.

그리고 그를 좋아하긴 하지만, 솔직히 그 온갖 상징과 비유를 힘겹게 풀어내면 뭔가 대단한 통찰이 있을 것 같지도 않았다. 그의 대담집이나 수상 소감, 드물게 있는 시사적인 문제에 대한 인터뷰 등을 읽어보면 너무 오래 골방 속에 있다가 뒤늦게 인간 사회라는 것에 관심을 갖기 시작한 늦깎이 대학생 같은 느낌이 들기도 한다. 옴진리교 사건 이후 『언더그라운드』를 쓰면서 비로소 사회에 관심을 갖게 된 듯하달까.

하루키의 이미지가 처음부터 이랬던 것인지, 대학생 시절 내가 하루키를 좋아한다고 하면 책깨나 읽는 주변 사람들이 혀를 차며 훈계하기도 했다. 한 좌파 성향 선배가 그런 불모不毛의 문학 따위를 읽는 게 무슨 의미가 있냐고 질타하길래 그렇다면 발모發毛의 책은 뭐란 말인가 궁금해져서 마르크스-레닌주의 저작을 읽어야 생산적인 거냐고 되물었다. 그 선배는 자신은 그런 뻔한 운동권이 아니라고 코웃음을 치더니, 뭔가 이 세상의 비밀을 알려주듯 엄숙한 어조로 메를로퐁티의 현상학을 읽으라고 충고해주었다.

한편, 운동권에 적대적이던 한 우파 성향 선배는 하루키 따위를 읽을 시간에 니체를 읽으라고 열변을 토했다. 80년대 후반 대학가에서는 최소한 하루키를 읽는 건 시간낭비라는 데에는 좌우합작이 이루어지고 있는 듯했다. 그렇긴 하지만 어차피 수업도 잘 들어가지 않고 대학 근처 서점이나 만홧가게를 주로 어슬렁대던 이십대 초반의 나는 그 시간이라는 걸 낭비하지 않고 살뜰하게 아껴봤자 딱히 쓸데도 없었기에 더 열심히 낭비하기로 했다.

후일 나는 대체 뭐가 그렇게 대단하다는 것인지 메를로퐁티와 니체의 책을 서점에서 몇 장 넘겨보고는 '짜샤이 이론'에 따라 재미없다는 결론을 내리고 바로 덮었다. '현상학'이라는 것이 무엇인지 아직까지 전혀 모르지만 그걸 공부하면 알았을지도 모를 세상의 비밀에 대해 별로 아쉽지는 않다. 지금 생각해보면 그 세상 이치에 통달한 심오한 철학자처럼 굴던 대학교 2학년, 3학년 선배들이 트와이스의 나연, 정연, 사나보다 어린 애송이들이었다. 이거야말로 심오한 인생의 진실 같기도 하다.

여하튼 나는 하루키에 대한 세상인심의 변화에 상관없이, 하루키가 뭘 말하려고 하는지 잘 알지 못하고 크게 알고 싶어하지도 않으면서 언제나 그의 책을 재미있게 읽어왔다. 그게 가능한 이유는, 그가 '무엇을' 쓰느냐가 아니라 '어떻게' 쓰느냐가 내가 좋아하는 포인트이기 때문이다.

앞에서도 하루키가 쓰는 책이라면 팬티 개는 법이든 뭐든 읽을 것 같다고 언급했지만, 나는 그가 무언가를 묘사하고, 비유하는 방식들이 좋다. 좋은 이유는 무엇보다 정확하기 때문이다. 뭘 잘 모를수록, 자신이 없을수록 설명이 장황하고 거창해지는 법인데 하루키는 반들반들 손때가 묻은 자기 집 가구에 대해 설명하듯 수월하게 핵심만 딱 짚어 묘사한다. 대체 뭐가 뭔지 모를 꿈속 같은 상징과 비유로 뒤덮인 세계를 이야기할 때도 그 속에서 십 년은 실제로 산 사람처럼 구체적이다. 설명하기 어려운 것을 기막히도록 술술 쉽게 풀어낸다. 스웨터에서 실 풀어내는 기계 같다. 그래서 그의 소설을 읽을 때에는 논리적 사고를 하는 좌뇌는 잠시 쉬게 내버려두고 그냥 아무 생각 없이 남의 꿈 이야기를 듣듯이 멍하니 읽곤 한다.

게다가 그의 글은 정확하기만 한 것이 아니라 그 와중에 그만의 방식으로 재미있다. 남들이 흉내내기 힘든 묘한 유머가 있다. 하루키의『여자 없는 남자들』같은 경우, 비록 소싯적부터 팬이지만 한국 출판시장에 하루키는 이런 가벼운 소설집 하나 툭 던져놓고 갈퀴로 돈을 긁어가는 것이 참으로 얄밉구나, 투덜대고 있었는데, 무심코 휙 펼쳐보니 이런 구절이 나온다.

내가 아는 한, 비틀스의 〈예스터데이〉에 일본어로(그것도 간사이 사투리로) 가사를 붙인 인간은 기타루 한 사람밖에 없다. 그는 목욕할 때면 곧잘 큰 소리로 그 노래를 불렀다.

어제는/내일의 그저께고

그저께의 내일이라네.[5]

아, 대충 펼쳤는데 이런 구절이 나오다니 이 영감한텐 당할 도리가 없다 생각했다. 어차피 취향을 타는 유머 감각이라 남들에게는 썰렁할지 모르겠지만, 나는 이렇게 진지한 어조로 엉뚱한 얘기를 꺼내는 유머에 허를 찔리곤 한다. 『상실의 시대』에서 지리학 오타쿠인 고지식한 룸메이트 '돌격대'에 대해 그는 정말로 수에즈운하 사진을 보면서 마스터베이션을 할지도 모른다고 진지하게 생각해보는 장면이라든지, 어떤 수필에서 어릴 적 비틀스의 〈오블라디 오블라다〉를 듣다가 "인생은 브래지어 위를 흐른다"라는 가사가 나와서 역시 존 레넌은 심오하다고 생각했었다는 구절(참고로 실제 가사는 'Life goes on, blah~') 등이다.

너무 열심히 웃기려는 유머는 썰렁한데, 시큰둥하게 툭 던지는 유머는 딱 내 취향이다. 비유법 역시 마찬가지다. 하루키의 비유는 항상 꼼꼼하고 성실한 직유법이다. 자연 다큐멘터리 해설이라도 하는 말투로 '마치 ~가 ~하는 것과도 같다'고 설명하지 낯간지러운 은유는 쓰지 않는다. 비유는 비유일뿐, 이라는 느낌이다.

하루키는 이렇게 내 취향의 말투로, 내가 좋아하는 화제에

대해 이야기한다. 작품의 전체 주제와 상관없이 그의 소설을
이루는 부분 부분들은 그의 취향을 드러낸다. 올드팝, 재즈,
클래식, 요리, 패션, 미국 작가들, 이국적인 장소들(『색채가 없
는 다자키 쓰쿠루와 그가 순례를 떠난 해』의 핀란드 자작나무 숲
길을 걷는 장면에 대한 묘사가 너무나 좋다). 소설 전체의 주제가
무엇인지, 지금 스토리가 어디로 흘러가고 있는지 감이 잡히
든 말든, 이런 부분 부분들이 좋으니 넋을 놓고 읽게 된다.

특히 내가 좋아하는 초기 작품들이 더욱 그렇다. 『바람의
노래를 들어라』『1973년의 핀볼』『상실의 시대』『댄스 댄스
댄스』 등에는 주인공과 등장인물들이 바에 앉아서 비틀스나
비치 보이스, 스콧 피츠제럴드 등에 대해 밑도 끝도 없는 대
화를 나누는 장면이 자주 나오는데, 난 그런 게 좋다. 이 소설
들은 거의 수필 같을 때가 많다. 쿠엔틴 타란티노의 〈저수지
의 개들〉 초반부에서 여섯 명의 잔혹한 갱들이 식당에 앉아
마돈나의 〈라이크 어 버진〉에 대해 전체 줄거리와 아무 상관
없이 폭풍 수다를 떠는 장면도 재미있지 않나. 이런 장면들은
그냥 하루키와 타란티노라는 박식한 이야기꾼이 라디오 디제
이처럼 하고 싶은 자기 얘기를 늘어놓는 것들이다.

잡지도 아니고 소설인데 그런 이유로 좋아한다니 말이 되
냐고? 소개팅을 생각해보면 된다. 딱 내 취향의 재치 있는 말

투로 조곤조곤 작지만 흥미로운 화제들에 대해 이야기하는 사람과, 뭔가 거창하고 훌륭한 얘기이긴 한데 백만 번은 이미 들은 듯한 얘기를 진부하고 뻔한 말투로 반복하는 사람 중에 누구와 시간을 보내고 싶은가.

좋아하는 작가를 좋아하는 이유에 대해 쓰다보니 수다스러워지는 것 같다. 나는 이런 단순하다면 단순한 이유들로 하루키의 책들을 즐겁게 읽어왔다. 그래도 마음 한구석에는 묘한 찝찝함이 남아 있었던 것도 사실이다. 하루키의 작품 세계를 낱낱이 분석하며 이건 무엇무엇의 상징이고, 여기서 여기로 들어가는 것은 무얼 의미하고 등등을 나만 빼고 다들 알고 있는 것처럼 으스대며 설명하는 책들이 계속 나오기 때문이다. 그것도 세계 곳곳에서. '정말 나만 빼고 다들 잘 이해하고 있는 거였어?' 하는 불안함이랄까.

그 찝찝함을 속시원하게 깨준 것 역시 하루키 본인이다. 최근에 나온 대담집 『수리부엉이는 황혼에 날아오른다』는 인터뷰어(소설가 가와카미 미에코)가 솔직 집요하게 좋은 질문을 계속 던진 덕에 하루키 본인이 쓴 『직업으로서의 소설가』에서보다 훨씬 핵심적인 이야기들이 많이 나온다.

쇼킹했던 대목. 내가 황당해했던 『기사단장 죽이기』에 등장하는 '이데아'의 의미에 관한 질문에, 하루키는 너무나 태연하게 플라톤이 말하는 '이데아'가 무엇인지 모른다고 대답한다. 동굴의 비유 정도는 들어봤지만 내용은 잘 모른단다. 열심히 플라톤을 예습하며 이데아가 이 작품에서 상징하는 의미에 대해 공부해온 인터뷰어가 충격을 받을 정도다. 하루키는 기사단장이 대체 무엇인지를 표현할 때 혼, 영령, 스피릿 등등 다른 말은 마땅치 않았는데 '이데아'라는 말의 어감이 딱 맞아떨어져서 썼을 뿐이라는 것이다. '메타포'도 마찬가지다. 『양을 쫓는 모험』을 쓸 때에도 쓰다보니 갑자기 '양 사나이'라는 괴상한 인물이 툭 튀어나와서 스스로 충격이었단다. 단적으로 그는 아무것도 정하지 않고 쓰기 시작해서 마지막에는 자기도 뭘 썼는지 모른다는 것이다!

　세상에, 평생 '대체 이게 무슨 소리인지 모르겠다'고 생각하면서 하루키 소설을 읽어온 내게 이 얼마나 위안이 되는 속시원한 말인가. 하루키는 한 발 더 나아가서 머리로 해석할 수 있는 건 글로 써봐야 별 의미가 없다, 쓰는 사람도 잘 몰라야 그 막연하고 종합적인 이야기를 독자 역시 막연하고 종합적으로 받아들여주기 때문에 각자 나름의 의미를 찾아낼 수 있다, 머리가 너무 좋은 사람이 쓴 소설은 구조가 빤히 들여다보여서 재미없다고 말한다.

말하자면 그는 정물화를 그리는 것이 아니라 가수면 상태에서 끝도 없이 지속되는 꿈을 화폭에 옮기는 것이다. 다만 그 꿈을 옮기는 필치는 치열하고 꼼꼼하다. 그는 리얼리즘 문체를 철저하게 구사하며 비非리얼리즘 이야기를 펼치는 게 자신의 목적이라고 말한다. 이를 위해 문체를 사십 년간 가다듬고 또 가다듬는다는 것이다.

내가 왜 이 작가의 글을 그렇게 오랫동안 좋아했는지에 대해 나 자신도 정확히 정리하지 못하고 있던 자신 없는 부분들을 작가 본인이 씩 웃으며 말해주는 느낌이었다. 응, 나도 같은 생각이었어, 라고.

그리고 그건, 책을 읽으며 마주치게 되는 순간들 중 손에 꼽을 정도로, 감동적인 순간이었다.

신이문의
한낮

〈노르웨이의 숲〉이 실린 비틀스의
《러버 소울》 앨범에 관한 나만의 기억이 있다.

중3이 된 나는 더 빡빡해진 학교 분위기가 싫었고, 음악을
들을 때만 숨통이 트이는 느낌이었다. 친구네 집에 쌓여 있던
『월간 팝송』 과월호들을 잔뜩 들고 와서 매일 밤 한 글자 한 글
자 사탕을 아껴 먹는 것처럼 탐독했다.

늘어질 정도로 들은 《비틀스 발라드》 테이프 말고, 『월간
팝송』에 나오는 비틀스의 전설의 명반들을 너무나 들어보고
싶었다.

그런데 나는 전축이 없었고, 용돈도 별로 없었고, 혹시 돈이 있었더라도 당시에는 레코드 가게에서 컴필레이션 앨범 외의 원래 비틀스 앨범을 찾아보기도 힘들었다. 라디오에서 나오는 곡이라고는 〈예스터데이〉 〈렛 잇 비〉, 드물게 〈헤이 주드〉. 앨범을 들을 수도 없으면서 잡지 기사 속에 나오는 비틀스의 명반 제목은 줄줄 외웠고, 노래 제목만 가지고 나 혼자 '이런 노래가 아닐까?' 하고 상상하곤 했다. 특히, 〈Why Don't We Do It In the Road〉와 〈Happiness Is a Warm Gun〉.

그러던 어느 날, 『월간 팝송』 맨 뒤쪽 독자 투고란에서 소장하고 있는 비틀스의 《러버 소울》 앨범을 판다는 사람을 발견했다. 너무나 들어보고 싶던 그 앨범이었다.

원판이라 비쌀 테고, 혹시 사더라도 전축도 없고. 고민하던 나는 그분에게 전화를 걸어서, 정말 죄송하지만 너무 듣고 싶어서 그러니 그 앨범을 테이프에 녹음해갈 수 없겠냐고 물었다. 어눌한 어조의 그분은 그러라고 했다.

그 주 일요일, 나는 전철을 타고 그 집으로 출발했다. 신이문역. 참 멀더라. 날은 화창하고, 창밖 풍경은 조금 황량했다. 듬성듬성 있는 집들 사이로 힘겹게 골목을 뒤져 그 댁을 찾아갔다. 조금 낡고 작은 한옥집이었다. 그분은 삼십대 초반의 회

사원이었는데, 얼굴은 기억이 안 나지만, 엉뚱한 중학생에게
도 굉장히 예의바르고 수줍어하는, 그런 분이었다는 것만은
기억한다.

집에 아무도 없었고, 나무로 된 마루에는 작은 전축이 있었
다. 말수 적은 그분은 내가 들고 간 백이십 분짜리―돈을 아
끼려고 항상 백이십 분짜리만 썼다―공테이프를 오디오에
넣고, 턴테이블에 앨범을 올려놓았다. 그리고 앨범이 끝날 때
까지, 두 사람 다 아무 말도 하지 않은 채―뭐, 서로 할말도 없
었고―음악을 들었다.

이상하게, 그때 들은 음악은 잘 기억이 안 나고, 그 한낮의
분위기만 기억난다.

낡은 한옥집 마루.

무료한 일요일 한낮.

말없이 턴테이블만 쳐다보는 아저씨.

쏟아지는 햇살.

문밖 골목길에서 들려오는 잡상인들 소리.

그리고 이 모든 것과 너무나 어울리지 않는 것도 같고, 어
울리는 것도 같은 존과 폴의 목소리.

There are places I'll remember,

All my life though some have changed.

Some forever not for better,

Some have gone and some remain.

앨범이 끝나자, 주섬주섬 테이프를 챙긴 나는 고맙습니다, 꾸벅 인사를 했고, 아저씨도 꾸벅 마주 인사를 했다. 그리고 뻘쭘한 채 집을 나와 또 멀고먼 길을 경복궁역까지 전철을 타고 돌아왔다. 그런데 묘한 것은, 그렇게 용을 써서 구해온 그 테이프를, 그후 일주일 동안 한 번도 듣지 않았다는 것이다. 이유는 모르겠다.

일주일 후, 다시 일요일 저녁에 마음을 먹고 그 테이프를 꺼내 내 보물 카세트 플레이어에 넣었는데, 일 분도 되지 않아 테이프가 말도 안 되게 씹혀버렸다. 서툴게 억지로 꺼내느라 테이프가 구겨지고, 끊어지기까지 했다. 싸구려 백이십 분짜리 따위를 쓰는 게 아니었나보다. 그런데 이상하게 억울하지도 아쉽지도 않았다. 그냥 담담했다.

글쎄, 그때 내게 있어 비틀스의 《러버 소울》은, 왠지 그 신이문에서의 그 한낮으로 충분했다. 이젠 됐어, 라는 기분이었다. 노래 들은 기억도 잘 안 나는데 말이다.

　참, 별거 아닌 기억인데 그 한낮의 기억이 묘하게 생생하게
남아 있다. 글로 옮겨놓고 보니 왠지 하루키 유사품 같은 기
억이다.

　가끔은 현실이 더 상상 같을 때도 있다.

책과 음악,
음악과 책

              내 청소년기에는 음악과 책이 같은 의미를 갖고 있었던 것 같다. 요약하면 '근대'다.

    초등학교 4학년이던 1979년 10월 27일, 담임 선생님은 '국부'가 서거하셨다며 교단에서 대성통곡을 하셨고 그로부터 한참 동안 우리는 웃고 떠들면 혼날 것 같은 분위기에서 긴장한 채 등교를 해야 했었다. 6학년이 되니 새 대통령이 해외 순방을 다녀오실 때마다 광화문에 나가 태극기를 흔들어야 했다. 중학교 때도 별다를 것이 없었다. 매주 '애국조회'를 했고 "우리는 민족중흥의 역사적 사명을 띠고 이 땅에 태어났다"로 시작하는 「국민교육헌장」을 외워야 했다. 정수라는 "아, 아,

대한민국, 아, 아, 우리 조국"을 감격에 찬 톤으로 불러댔고, 가요 앨범에는 '건전가요'가 꼭 들어가야 했다.

그런 시절 접하는 먼 나라의 책과 음악들은 지금과는 느낌이 많이 달랐다. 거기에는 교과서에나 나오는 자유, 평등, 다양성, 관용, 개인 같은 아름다운 말들이 현실 속에 살아 있었다. 중고생 시절 내내 비틀스를 비롯한 60,70년대 록 음악에 빠져 있었던 이유도 같다. 68혁명과 히피즘, 플라워 무브먼트로 요약되는 서구의 그 시기 자체에 매료되었던 것이다. 그것은 〈아, 대한민국〉이나 〈시장에 가면〉, '대한뉴스'의 대척점에 있는 '근대성'이었다. 나는 존 스튜어트 밀, 로크, 루소를 통해서 민주주의, 자유주의, 개인주의를 배운 것이 아니라 비틀스, 존 레넌, 짐 모리슨을 통해서 배웠다.

교보문고 광화문점은 1981년에 문을 열었고, 그곳은 내게는 신전과도 같은 곳이었다. 나는 틈만 나면 교보문고 음악서적 코너에 틀어박혀 팝과 록의 신들에 관한 책을 읽었다. 밥 딜런, 존 바에즈, 재니스 조플린, 짐 모리슨, 존 레넌의 음악과 삶에 대해 읽는다는 것은 반전, 평화, 베트남전, 마약, 마틴 루서 킹과 흑인민권운동, 무정부주의, 혁명에 관해 읽는 것이기도 했다. 금서 목록을 만들던 독재 정권의 관료들은 〈아, 대한민국〉과 '건전가요'만 듣느라 교보문고 음악서적 코너에 진짜

불온한 서적이 널려 있다는 걸 알지 못했다.

얼마 전 이태원에 있는 '현대카드 뮤직 라이브러리'에 갔다가 음악잡지 『롤링스톤』 수십 년 치가 쌓여 있는 것을 보고 뭉클했던 적이 있다. 어린 시절의 내가 이걸 봤으면 얼마나 좋아했을까.

일본 소설가 오쿠다 히데오의 『시골에서 로큰롤』은 1959년생 지방도시 소년이던 오쿠다가 록 음악에 빠져 지낸 소년기를 신나게 회상하는 내용이다. 나는 1969년생이니 십 년 차이가 나는데 일본과 우리나라의 발전 격차 때문인지 시대 격차가 거의 느껴지지 않았다. '맞아 맞아, 이땐 이랬지……' 하는 심정으로 이 책을 읽으며 로큰롤 소년 시절을 회상했었다. 무라카미 류의 유쾌발랄한 소설 『69』에도 온통 60년대 록 음악의 불온한 에너지가 꿈틀거린다.

생각해보면 묘한 일이다. 일본 지방도시에서 자란 오쿠다 히데오, 무라카미 하루키, 무라카미 류와 전두환 시대에 서울에서 자란 내가 공통적으로 우드스톡이니 비틀스의 미국 침공에 향수를 느낀다니. 직접 겪은 적도 없으면서 미국의 60년대, 70년대를 내 성장기처럼 기억한다. 나는 심지어 〈포레스트 검프〉가 〈국제시장〉보다 더 친숙하고 울컥했다. 존 카니 감독의 〈싱 스트리트〉를 보면서 듀란듀란과 카자구구, 보이

조지를 떠올리며 뭉클하기도 했다.

문화의 힘이란 무시무시하다. 나를 비롯한 많은 이들이 몸은 여기 있지만 머리와 가슴은 미국과 영국에 가 있었던 것이다. 문화적 식민주의니 뭐니 할지도 모르지만, 더 매력적이고, 더 자유롭고, 더 가슴이 뛰는 것에 매료되는 것은 물이 높은 곳에서 낮은 곳으로 흐르는 이치와 다를 바 없다. 방울방울 떨어지는 낙숫물이 결국 돌에 구멍을 내듯 할리우드 영화와 팝 음악이 상징하는 자유에 대한 동경이 〈아, 대한민국〉과 '건전가요'의 시대를 끝내게 만든 근본적인 힘일지도 모른다.

그때에 대한 향수 때문인지 이제 더이상 록을 열심히 듣지 않으면서도 록 음악에 관한 책은 아직도 찾아 읽고는 한다. 그중 재미있었던 것으로는 먼저 『페인트 잇 록Paint It Rock』이 떠오른다. 가로수길에서 재즈바 '옐로 재킷'을 운영하는 재즈 평론가 남무성 씨가 그린 록 음악의 역사에 관한 만화다. 척 베리 등 로큰롤 탄생 시기부터 비틀스, 롤링스톤스의 등장, 우드스톡과 히피즘, 사이키델릭, 프로그레시브, 레드제플린까지 록의 황금기를 다루는데 내용이 너무나 충실해서 놀랐다. 만화적인 깨알 재미도 놓치지 않는 책이다. 이 책에 반해서 『재즈 잇 업!Jazz It Up!』 시리즈도 샀는데, 역시 재즈의 역사를 충실히 다루고 있지만 재미는 『페인트 잇 록』만 못했다. 아마 재즈 뮤지션들도 미친 짓은 많이 하지만 로커들 미친 짓을 따라가기는 어렵기 때문이리라.

대학 졸업앨범 세 권쯤 합본한 것 같은 크기와 두께의 『비틀스 앤솔로지』도 읽었다. 사진 자료가 많아서 잡지를 보는 것 같기도 했다. 익숙한 이야기도 많지만, 처음 듣는 흥미로운 이야기도 많았다. 무엇보다 이 책 집필을 위해 멤버들을 인터뷰했는데, 그 내용이 너무나 솔직해서 좋다. 끊임없이 폴 매카트니의 아름다운 멜로디 작곡 능력에 대해 시샘하는 듯한 존 레넌('나도 〈인 마이 라이프〉 같은 곡도 만들었다구!' 하는데, 폴은 그 곡 주 멜로디도 자기가 만들었다고 기억하고 있다), 겸손하고 사려 깊은 조지 해리슨, 〈예스터데이〉 멜로디를 꿈속에서 듣고는 곡조를 만들었다는 폴 매카트니. 그런데 가사를 제대로 붙이기 전에는 '예스터데이' 자리에 '스크램블드 에그'를 집어넣어 흥얼거리며 곡을 만들었단다. "Oh, I believe in scrambled eggs~" 이러면서. 두 젊은 천재가 귀갓길에 흥얼흥얼 한마디씩 주고받으며 명곡들을 척척 만들어나가는 이야기들을 읽으며 경탄하지 않을 도리가 없었다. 비틀스는 이십대 초반에 데뷔해서 후반에 해체했다. 씨앤블루 나이에 이미 세계를 정복한 후 역사적인 명곡들을 만들고 있었던 셈이다.

주기적으로 이런 책들을 읽으며 음악에 미쳐 있던 시절을 추억하곤 한다. 어른이 된 후에도 다양한 음악을 계속 듣기는 하지만, 그때처럼 매료되지는 않는다. 그게 쓸쓸할 때가 있다.

나는 중1 때 마이클 잭슨에 빠지면서 팝 음악에 입문, 중2 때 비틀스에 빠지면서 록 음악에 중독, 곧이어 레드제플린에 빠지면서 하드록 영접이라는 전형적인 로큰롤 키드의 수순을 밟았다. 오쿠다 히데오의 『시골에서 로큰롤』을 읽다가 필 충만해져서 백만 년 만에 찾아 들어본 것도 레드제플린이었다. 이들 매력의 핵심은 거친 섹스어필이었다는 것을 뒤늦게 새삼 깨닫곤 한다. 중학생 때는 뭣도 모르는 주제에 잘도 열심히 들었구나 싶다.

한참 팝과 록에 빠져가는데 집에 있는 건 낡은 더블데크 카세트 라디오 하나. 그래서 공테이프를 사서 열심히 FM을 듣다가 좋아하는 곡이 나오면 번개같이 녹음했다. 〈황인용의 영팝스〉(특히 전영혁이 나오는 코너)를 매일 들었다. 듣고 싶은 곡이 점점 많아져서 나중에는 다양한 초식을 구사하기 시작했다. 음반 많이 갖고 있는 친구에게 녹음해달라고 조르기, 음반가게에 돈 주고 듣고 싶은 앨범 테이프에 녹음하기, 심지어 세운상가에서 빽판 사다가 친구 집 전축으로 녹음하기(남의 전축 바늘 망가뜨리는 이런 염치없는 짓을 했다. 마약중독이든 음악중독이든 중독자놈들이란). 그때만 해도 온갖 촌스런 이유를 붙인 금지곡이 많아서 여기저기 찾아 헤매야 했었다. 평창동 사는 부잣집 친구 집에 가서 떨리는 가슴으로 녹음해 오던 금지곡들은 퀸의 《Another One Bites The Dust》, 스틱스의 《Mr. Roboto》, 핑크플로이드의 《The Wall》 앨범 등이었으니 지금 생각하면 어이가 없을 뿐이다. 5공 시절 문화공보부의 금지곡 담당자들은 사실 명곡만 골라내는 대단한 안목의 소유자들이 아니었을까?

점점 녹음한 테이프가 쌓이기 시작하자 나는 노트에 테이프별 수록곡(?)을 정리하기 시작했다. 앨범 단위가 아니라 곡 단위로 마구잡이로 여기저기서 수집한 것이라 노트를 봐야 어디에 무슨 노래가 있는지 알 수 있었다. 한술 더 떠서 노래별로 5점 만점의 평점을 매기기 시작했다. 좋은 노래가 많은 테이프를 선별하기 위함인데, 테이프별 평균 점수까지 산출해서 노트에 적었다. 평균 4.5점에 근접한 테이프들이 최고였던 것 같다. 비틀스의 《애비 로드》 앨범, 록 뮤지컬 〈지저스 크라이스트 슈퍼스타〉 실황 음반 등등이 담긴 것들이었다(나는 왜 이런 걸 다 기억하고 있는지). 여튼 중고생 6년 내내 이 짓을 했다.

이렇게 힘들게 한 곡 한 곡 공들여 테이프에 녹음하고, 노트에 목록 정리하고, 평점 매기고('응팔'의 정봉이가 우표 수

집하듯) 했었는데, 지금은 유튜브 들어가면 돈 한 푼 안 들이고 거의 모든 시대의 모든 음악을 클릭 한 번으로 영상과 함께 보고 들을 수 있다. 마르크스의 노동가치설은 경제이론적으로는 난센스라고 생각하지만 최소한 개인의 주관적 만족감 측면에서는 일리가 있는 것 같기도 하다. 지금 유튜브 검색으로 듣는 레드제플린은 소년 시절 이제나저제나 라디오에 나올까 녹음 준비를 하며 두근두근 기다리던 레드제플린만큼 소중하게 느껴지지 않으니 말이다.

방구석에서 라디오만 끼고 있었던 것은 아니다. 머리가 굵어지자 직접 눈으로도 보고 싶어졌다. 하지만 공연장을 찾아다녀도 외국 록 밴드를 카피하는 경우가 대부분이었다. 진짜가 아니었다.

갈증은 독재정권이 말기에 접어들 때쯤에야 풀리기 시작했다. 1986년 파고다극장에서 열린 들국화 공연에서 느낀 전율은 어느 해외 밴드의 공연 영상과도 비교할 수 없었다. 최고는 〈사랑일 뿐이야〉. 존 레넌처럼 가느다란 최성원의 보컬로 서정적으로 시작한 노래는 주찬권의 천둥소리 같은 드럼(정말 레드제플린의 존 보넘을 연상시켰다)과 전인권의 절규가 끝없이 반복되며 끝났다. 〈He Ain't Heavy, He's My Brother〉와 〈Come Sail Away〉를 원곡보다 더 멋지게 소화하는 그들을 보며 느낀 감동은 남다른 것이었다.

이제 드디어 〈아, 대한민국〉과 '건전가요'가 끝났구나. '삑사리'가 날 듯 불안불안하게 외국 록 보컬을 흉내만 내던 시절도 끝났구나. 우리나라에도 비틀스 같은 오리지널 밴드가 나왔구나. 다시 말하자면, 이 땅에도 '근대'가 시작되었구나, 하는 감동이었다.

시드니 셸던을
기억하시나요

　　고등학생 때 교보문고와 도서관에 들락거리며 가장 많이 읽은 책은 단연 미국 대중소설들이었다. 이제 머리가 좀 굵어진 이상 중학생 때처럼 어른들 눈치를 보며 군이 한국문학전집 따위에서 혹시 야한 장면 없나 눈에 불을 켜고 보물찾기를 하기보다 표지부터 야시시한 대중소설, 통속소설 코너에 당당하게 서서 쓸 만한 물건을 물색하게 된 것이다.

　교보문고에서도 나스타샤 킨스키 주연의 영화 〈캣 피플〉 등 살색 스틸컷이 많이 실린 영화 원작소설 코너에 주로 서식하던 시절, 우연히 넘겨보게 된 책이 시드니 셸던의『깊은 밤

깊은 곳에 *The Other Side of Midnight*』였다. 물론 넘겨보게 된 이유는 한국어판 제목 때문이다(제목 붙이는 사람들은 심리학의 대가들임이 틀림없다).

줄거리는 이렇다. 2차대전 당시 프랑스의 어느 시골에서 파리로 상경한 아름다운 처녀 노엘은 그곳에서 미 공군 중위인 래리와 만나 동거 생활에 들어간다. 전쟁이 끝나고 다시 돌아오겠다는 그를 기다리던 노엘은 그가 바람둥이 사기꾼이라는 사실을 알게 되고 절망에 빠져 낙태를 한다. 복수심에 불타오르던 노엘은 자신의 미모를 이용하여 영화배우로 성공한다. 사립탐정을 고용해 래리의 동정을 살피던 노엘은 그가 종전 후 미국에서 캐서린이라는 여자와 결혼했다는 사실을 알아낸다. 그리스의 대부호 데미스리의 정부가 된 노엘은 그의 재력을 등에 업고, 래리를 자신의 개인 비행사로 고용해 그를 혹사시킨다. 그러나, 그녀를 알아본 래리와 다시 사랑에 빠지고, 노엘은 래리를 부추겨 아내 캐서린을 살해하게 한다. 결국, 캐서린의 살해 용의자로 법정에 선 두 남녀는 분노한 데미스리의 압력에 의해 총살형에 처해진다.

그렇다. 한마디로 요약 가능하다. 막장.

막장인데, 김치로 귀싸대기 때리는 신토불이 막장과 다른, 파리-미국-그리스 상류사회를 넘나드는 글로벌 럭셔리 막장의 대서사시다. 영화 〈고질라〉의 헤드카피처럼 "사이즈가 중요하다Size does matter"다. 스케일이 작으면 그냥 막장이지만 엄청나게 크면 대서사시가 될 수 있는 것이다. 나치와 레지스탕스, 화려한 할리우드, 선박왕 오나시스를 모델로 한 것이 분명한 그리스 슈퍼리치의 세계까지, 요즘 말로 '폭풍간지' 나는 세계가 쉴새없이 펼쳐진다. 뉴욕 타임스 집계 베스트셀러 목록에 연속 52주 오르는 대기록을 세운 막장의 위엄이다.

반면 중학생 때 탐독하던 한국문학전집이 다루는 세계는 어땠던가. 기지촌 여성들, 각혈하는 노모, 포장마차, 선술집…… 게다가 지역적으로도 한반도 남쪽에 갇혀 있다. 한국 창작자들의 상상력은 휴선선과 바다로 둘러싸인 작은 섬 안에 갈라파고스처럼 고립되어 있을 수밖에 없었다. 분단되고, 가난한 나라의 비극이다.

엉뚱하게도 나는 지극히 상업적인 미국 대중소설들을 통해 세계를 지배하는 슈퍼파워를 실감했고, 내가 얼마나 주변부에 서 있는지를 자각했다. 그리하야 소년은 내 나라 내 겨레를 부강하게 만들어야겠다는 의분에 불타올랐……을 리가 없지. 이런 유의 책들을 더욱 탐독하며 내가 이 화려한 바깥 세상의 주인공 중 한 명이 되어 펼치는 온갖 유치찬란한 공상에 빠지곤 했다.

시드니 셸던의 다른 대표작들인『천사의 분노』『게임의 여왕』『벌거벗은 얼굴』등을 줄줄이 찾아 읽었는데, 역시 2억 8000만 부나 책을 판 사람의 클래스란. 큰 감동을 받았다거나 인생이 바뀌었다거나 하는 건 전혀 아니지만, 최소한 책을 읽는 두세 시간 동안은 후회 없이 즐거웠다.

셸던에 이어 비슷한 유의 소설들을 섭렵하기 시작했다. 기억에 오래 남는 책들은 아니고 그 책이 그 책같이 비슷하지만 몇몇 책은 지금도 기억이 난다. 우선 주디스 크란츠의『데이지 공주』인데, 이런 책들 중에서도 압도적으로 야했기 때문이다. 거의 야설에 가까울 지경이어서 이래도 되나 싶고 참 감사했다. '미드'로도 유명했던 제프리 아처의『카인과 아벨』도 흥미진진했고,『러브 스토리』원작자인 에릭 시걸의『닥터스』『클래스』『프라이즈』도 참 재미있었다.

특히 에릭 시걸은 하버드 출신의 어드밴티지를 너무나도 확고하게 작품에 녹여내는 작가인데, 작품 주인공들은 거의 다 하버드 출신의 천재들로 졸업 후에는 각 분야에서 세계 일인자로 커가는 인물들이다. 심지어 노벨상을 받기 위해 분투하는 과학 천재들 이야기도 있다. 재수없다면 재수없을 수 있는 이야기들인데, 읽어보면 그렇지가 않다. 온갖 고난을 겪으며 죽어라고 노력해서 성취하고 좌절하는 이야기들이기 때문이다.

재미를 좇아 미국 대중소설을 닥치는 대로 읽다보니 궁금증이 생기기도 했다. 왜 이런 소설들이 이렇게 재미있지? 왜 한 번 펴면 덮질 못하겠지? 어릴 적부터 본의 아니게 읽어온 온갖 문학전집 속 작품들을 떠올리다보니 문득 알 것 같았다.

대중소설이야말로 고전적인 극의 서사 구조에 충실했다. 범상치 않은 주인공, 비극적인 운명, 쉴 틈 없이 고조되는 위기, 극적인 반전, 카타르시스를 주는 결말. 그리스 연극과도 같다고나 할까. 낭비되는 장면, 낭비되는 대사가 없다. 삼 초만 지루해도 채널이 돌아가는 드라마나 예능 프로처럼 끊임없이 흥미를 끌 요소를 빼곡히 채워넣고 있다.

대문호 빅토르 위고의 『레 미제라블』은 다들 익숙한 이야기지만, 정작 원작을 읽어보면 느낌이 많이 다르다. 틈만 나면 이 박식한 수다쟁이 위고 선생이 줄거리와 상관없는 폭풍 수다를 늘어놓는다. 파리 지하도 구조에 대해 하염없이 설명하는 걸 읽다보면 '진도 좀 나갑시다 제발!' 소리가 절로 나온다. 하물며 현대 소설로 올수록 사소설私小說의 경향이 강해져서 서사라고 할 것 자체가 없다시피 한 경우도 많다.

물론 서로 다른 종류의 재미가 있지만, 대중소설 쪽이 훨씬 빨리 몰입되고 그 몰입이 끝까지 유지될 가능성이 높다. 다만 빨리 타오른 만큼 빨리 사그라지고 잊힌다는 단점이 있긴 하다.

이때 맛을 들여서인지 그후에도 미국 베스트셀러 대중소설은 꾸준히 읽은 것 같다. 존 그리샴의 법정소설들, 마이클 크라이튼의 『쥐라기 공원』, 로빈 쿡의 의학소설, 토머스 해리스의 '한니발 렉터' 시리즈 등등.

흥미로운 것은 가면 갈수록 시드니 셸던 유의 화려한 이야기가 줄고 있다는 점이다. 근래의 베스트셀러인 『미 비포 유』나 기욤 뮈소 소설들은 예전처럼 세계 최고의 무대에서 화려한 성공을 거두고 파멸하는 이야기가 아니라 결국은 연인, 가족, 아이에 대한 사랑으로 귀착되는 소박한 이야기일 때가 많다. 미국 일변도에서 벗어나 북유럽 등 다양한 나라의 대중소설이 베스트셀러가 되기도 한다.

좀 거창하지만 미국도 저성장시대에 접어들었다는 징표가 아닐까 싶기도 하다. 성공의 사다리에 올라타 세계의 왕좌에 오르는 화려한 아메리칸 드림 스토리가 이제 미국에서도 더이상 가슴을 설레게 하는 이야기가 아닌 것이다. 오히려 어제까지 내 이웃, 가족이었던 이들이 내 목줄을 물어뜯으려 이를 드러내고 달려드는 좀비 이야기가 끝도 없이 재생산되며 사람들을 사로잡고 있으니 말이다. 대중소설이야말로 정확히 시대를 반영하는 것 아닐까.

편식 독서법

책 수다도 많이 떨고 여기저기 독후감도 올리고 하다보니 어떻게 그렇게 많은 책을 읽느냐는 질문을 받을 때가 있다. 나의 답은 '대충 읽는다' '내가 재미를 느끼는 부분 위주로 읽는다'다. 편식 독서법이랄까. 엄마가 억지로 먹으라는 토란국은 국물만 몇 수저 먹는 둥 마는 둥 하고 소시지야채볶음은 소시지만 쏙쏙 골라 먹는데, 운좋게 킹크랩을 먹게 되면 마지막 다릿살 하나까지 꼼꼼히 발라먹기 마련이다. 모든 음식을 똑같이 정성스럽게 먹지 않고, 내가 먹고 싶은 부분만 먹고는 다음 음식으로 넘어간다.

사람마다 좋아하는 음식, 좋아하는 부위는 천차만별. 난 내 취향의 책을 골라서, 그 책 중에서도 흥미를 느끼지 못하는 부분은 휙휙 넘기며 읽는다. 어떨 때에는 한 책에서 단 한 장면, 단 한 구절만 맛있을 수도 있고, 기적같이 한 문장 한 문장 전부를 꼭꼭 씹어 먹으며 맛있어할 수도 있다. 『우리 본성의 선한 천사』『계속해보겠습니다』『아랑은 왜』『청춘의 문장들』이 쫀쫀하게 모두 맛있는 책들이다. 다만 내 취향의 '편식 독서'라도 많이 하다보면 점점 그와 연관된 다른 메뉴들도 찾게 되는 것 같다. 음식도 먹어본 놈이 먹는다고.

같은 이치로 읽어봐도 선뜻 의미가 잘 들어오지 않는 책은 잘 읽지 않는다. 조선시대 선비들은 읽어서 이해되지 않는 책도 백 번, 천 번 반복해서 읽다보면 어느 순간 뜻이 스스로 통한다고 믿었다는데, 그때는 선택의 여지가 없어서 그랬던 것은 아닐까? 지금은 그때와 비교할 수도 없을 만큼 방대한 지식과 정보가 쏟아져나오는 시대다. 꼭 그 책이 아니어도 비슷한 내용을 더 쉽게 설명하는 다른 책들이 얼마든지 있다. 게다가 이해되지 않는 책을 백 번 천 번 읽고 있는 사이에 그 책이 다루고 있는 세상 자체가 달라져버린다.

그래서 나는 '인문학 원전 읽기'를 강조하는 이야기들에 회의적이다. 지금의 세계를 이루는 사상적 기틀인 『국부론』『자유론』『법의 정신』『통치론』 같은 명저들도 결국 그 책들이 쓰인 시대의 과제를 그 시대의 언어와 감각으로 이야기하고 있다. 지금의 독자들에게는 진입 장벽이 있을 수밖에 없다. 아무리 명저라도 지금 시대와는 맞지 않고 그 시대에만 의미 있었던 부분도 많다. 우리가 취할 것은 그중에서 시대와 공간을 뛰어넘는 보편성을 가진 몇몇 부분들인데, 그런 부분들은 실상 교과서에도 실려 있다. 우리가 수업시간에 졸아서 그렇지 이미 다 배운 '상식'인 것이다. 그보다는 더 깊이 있게 알고 싶다면 현대의 연구자들이 고전의 핵심들을 알기 쉽게 현대의 언어로 친절하게 설명해주는 해설서들도 얼마든지 많다.

유시민 작가가 자신을 '지식 소매상'이라고 규정하는데, 좋은 표현인 것 같다. 왜 소비자들이 직접 도매상, 심지어 공장까지 가서 자기한테 맞지도 않는 물건을 떼와야 하나? 내 아이 밥상에 맛있는 고기 한 점을 올리기 위해 직접 도축장에서 고기를 해체해야 되나? 우리에게 필요한 것은 거창한 원전 목록이 아니라 그중 필요한 것들을 알기 쉽게, 하지만 왜곡하지 않으면서 성실하게 설명해주는 지식 소매상들의 목록이다. 소매상일수록 사기꾼도 많기 때문에 잘 골라야 하고, 시장의 자정 능력도 필요하긴 하다. 그렇다고 소매상은 미덥지 않으니 소비자들이 직접 원산지를 찾아가야 한다는 건 무리한 이야기다.

외국어 학습법에도 이런 이론이 있다. C.I.와 M.I.가 중요하다는 이론이다. C.I.는 Comprehensible Input, 즉 자기 수준에서 슥 읽어서 70~80퍼센트 쉽게 이해되는 외국어 텍스트를 읽으면 나머지 모르는 20~30퍼센트는 뇌 속에서 유추가 가능하므로 학습이 되는데, 절반만 이해되는 걸 읽으면 정보 부족으로 나머지 유추가 불가능하여 아무것도 머리에 남지 않는다는 것이다. 독서도 같은 원리 아닐까. 문돌이인 내가 갑자기 유체역학 책을 읽으면 아무런 '인풋'이 되지 않는다.

M.I.란 Meaningful Interaction, 즉 유의미한 상호작용이다. 언어란 암기 등 단순 인풋만으로는 내 것이 되지 않고 그걸 써먹어야 내 것이 된다는 이야기다. 인간의 기억 메커니즘과도 연관 있을 것 같다. 책을 이해하고 기억하는 가장 좋은 방법은 그 책에서 내가 가장 인상적으로 느낀 몇 가지를 글로 적어보거나 남과 수다를 떨어보는 거다. 나는 페이스북에 독서노트 삼아 짤막한 독후감을 끄적끄적 올리곤 해왔는데 결국 그 책에서 내가 내 것으로 흡수한 것은 달랑 그게 전부인 것이다. 그거면 내겐 충분하기도 하고.

다시 요약하자면, 남들이 무슨 대단하고 있어 보이는 어려운 책을 읽든 신경쓸 필요 없다. 피케티의 『21세기 자본』을 읽는 게 엄청 있어 보인다. 그런데 어렵다. → 고민 말고 바로

『피케티 쉽게 읽기』, 그것도 안 되면 『초딩도 읽는 피케티』 또는 『만화 피케티』를 읽는다. 능력도 안 되는데 『21세기 자본』원전을 꾸역꾸역 읽은 사람은 노동만 했을 뿐 아무것도 기억 못하지만 『만화 피케티』를 재미있게 읽은 사람은 그중 몇 대목만큼은 기억하고 써먹을 수 있다.

소설도 마찬가지다. 한강의 『채식주의자』가 유명하다고 해서 집었는데 뭔 소리인지 모르겠고 공감이 안 된다. → 자괴감 느낄 필요 없이 좀더 재미있고 수월해 보이는 딴 책을 집어 읽어본다. 한 50페이지까지만. → 그래도 진도가 안 나간다. → 표지가 만화 같은 『미스 함무라비』를 집어든다. 이건 초딩도 읽겠다는 생각이 든다. → 나름 재밌네. → 유의미한 상호작용으로 기억에 남기기 위해 완독 후 독후감을 인스타에 올린다. 뭐 이런 얘기……

티브이, 인터넷과
책의 차이

독서에 관한 책을 쓰다보니 자괴감이 든다. 솔직히 어린 시절과 달리 책이 최우선순위가 아닐 때가 많기 때문이다. 여유 시간이 생길 때 뭘 제일 먼저 집어드는지 스스로 냉정하게 관찰해보면 1번이 스마트폰, 2번이 티브이. 책은 3번이다. 예열이 필요 없는 순서, 더 직설적으로 말하면 아무 생각 없이 시작할 수 있는 순서다.

티브이로 영화 하나 보려고 해도 백 분 정도 몰입해야 한다. 그 정도의 여유 시간이 있는지, 그 정도로 재미있을지를 생각하게 된다. 그러다가 결국 예능 프로 다시보기를 틀게 된다. 이건 처음이든 중간이든 아무데나 틀어서 보다가 재미없으면 바로 다른 것으로 넘기면 그만이다. 끊임없이 나오는 자막이 어디서 웃어야 할지를 대치동 강사처럼 딱딱 짚어주기 때문에 웃기 위해 귀를 기울일 필요조차 없다.

그보다 더 간단한 것이 스마트폰 집어들기다. 아무 생각 없이 엄지를 획획 움직이다보면 타임 워프라도 일어난 듯 시간은 무심하게 흘러가버린다. 문제는 자괴감이다. 포털 기사 댓글이나 소셜미디어에서의 끝도 없는 그악스러운 말싸움을 보다보면 인류에 대한 마지막 애정도 식어버린다. 그걸 굳이 읽고 있는 나 자신에 대한 혐오만 남는다.

자유방임주의에 가까운 생활태도를 갖고 있는 나인데도 요즘 나의 이런 모습에 대해 고민이 많다. 이 나이를 먹고도 말이다. 고민하는 이유는 비생산적이어서가 아니라, 결국은 즐겁지조차 않아서다. 티브이나 스마트폰을 보면서 얼마 동안은 즐거울 수 있다. 하지만 재미있는 콘텐츠는 언제나 부족하고, 눈은 피로해진다. 그럼에도 불구하고 자리에서 떨쳐 일어나지 못하고 중독자처럼 끊임없이 다른 걸로 다른 걸로 넘기고 넘기고 넘기게 된다. 무한한 선택지가 있다는 것이 헤어나오지 못하게 만드는 족쇄인 것이다.

내가 무슨 권독사도 아니고 책이 다른 미디어에 비해 우월한 가치가 있다고 생각하지도 않는다. 쓰레기 같은 내용의 책도 얼마든지 있고, 티브이나 인터넷으로도 훌륭한 콘텐츠를 많이 접할 수 있다. 그래도 몇 가지 차이가 있는 것은 부정할 수 없다.

우선 책은 단편적인 영상이나 인터넷 게시물보다 가볍게 시작하기 어려운 대신, 별 내용도 없고 재미도 없는데 단지 습관적으로, 중독적으로 계속 보게 되지는 않는다. 종이책은 두께와 무게라는 물리적 실체가 있기 때문에 더더욱 무한정 넋 놓고 보게 되지는 않는다. 무한한 것이 꼭 좋은 것은 아니다. 적절한 순간에 멈추게 만드는 피로감도 필요한 것이다.

더 중요한 장점은 보다가 딴생각을 할 수 있다는 점이다. 티브이는 기본적으로 몰입해서 보는 매체다. 콘텐츠가 좋으면 좋을수록 더욱 몰입하게 된다. 나의 속도에 맞춰 제공되는 것이 아니기 때문에 콘텐츠의 속도에 내가 맞춰 수용해야 한다. 인터넷은 그렇지는 않지만 실시간으로 쏟아져나오는 무수한 게시글과 댓글들의 속도가 수용자를 수동적으로 만들기 쉽다. '웹서핑web surfing'이라는 표현 그대로 링크를 타고 여기저기를 아무 생각 없이 둥둥 떠다니며 표류할 때가 많다.

이와 달리 책은 수용하는 속도를 내가 주체적으로 결정할 수 있다. 수동적으로 받아들이기만 하는 것이 아니라, 능동적으로 끊임없이 생각하도록 자극받는다. 내 경우, 좋은 책을 읽을 때면 머릿속에서 끝도 없이 꼬리를 물고 여러 가지 생각이 떠올라서 읽다 멈추기를 반복하게 된다. 기억하고 싶은 구절을 발견하면 포스트잇을 붙이거나 귀퉁이를 접기도 한다. 지나고 보면 바로 이 멈추었던 순간들이 독서 경험의 핵심이다. 수동적으로 내 감각 속으로 들어왔다가 빠져나가고 마는 것들은 흔적을 남기기가 쉽지 않다. 하지만 잠시 멈추고 생각하게 만들었던 것은 내 것이 된다.

단지 텍스트로만 구성되어 있다는 것이 오히려 장점이기도 하다. 3D를 넘어 4D까지 제공하는 영상매체는 오감을 압도하는 정보를 쏟아내지만, 바로 그렇기 때문에 따라가는 것만도 벅차다. 여백이 없는 것이다. 책은 빈 공간이 많기 때문에 우리의 뇌가 끊임없이 여백을 보충하게 만든다. 상상력이 보이지 않는 것을 보고, 들리지 않는 것을 듣게 만든다. 트란 안 홍 감독이 영상화한 〈상실의 시대〉를 보며 실망했던 기억이 난다. 원작을 읽으면서 상상했던 내 머릿속 이미지들이 훨씬 아름답고 풍성했던 것이다.

즉각적인 반응이 특징인 뉴미디어 시대에 멈추어 생각하게 만드는 독서의 특징은 큰 의미를 갖는다. 무조건적 수용이 아니라 일단 유보하고, 의심하고, 다른 측면을 생각해보는 지성적 사고의 훈련은 독서에서 출발하는 것이 여전히 정도正道라고 본다. 스마트폰의 보급이 직접민주주의를 실현할 것이라며 흥분하는 이들이 있는데, 자극적인 기사 몇 줄만 읽고 바로 화르르 불타올라 십자군전쟁에라도 나선 기사가 된 양 개인 신상을 털고 '집단 다구리'에 열을 올리는 모습을 보고 있노라면 미래가 두려워질 뿐이다. 하긴 십자군전쟁도 대중의 열정을 악용한 사기에 가까웠으니 인간이란 쉽게 바뀌지 않는다는 증거일지도 모르겠다.

'집단지성'이라는 말을 너무 쉽게 남용하는 이들은 한나 아렌트의 『예루살렘의 아이히만』을 다시 한번 읽어볼 필요가 있다. 나치 시대의 성실하고 평범한 독일인들에게 과연 집단지성이 발동했나? 개인이든 집단이든 지성적으로 사고하려 노력하지 않으면 야만이다. 책을 읽지 않는 사회의 직접민주주의란 공포일 뿐이다.

이야기가 좀 거창해졌지만, 여기까지 가지 않더라도 직관적으로 느껴지는 충일감에도 분명히 차이가 있는 것 같다. 하루종일 티브이를 본 날, 하루종일 스마트폰을 만지작거린 날, 하루종일 책을 읽은 날의 느낌은 다르지 않을까.

그래서 나는 책의 우선순위를 높이려고 의식적으로 노력한다. 하루의 시작인 출근길에 단 십 분이라도 책을 읽으려 하고, 내 주변 어디든 책을 흩어놓기도 한다. 집에도, 사무실에도. 노력하지 않아도 눈에 띄게 하기 위해서다. 티브이나 인터넷의 무수한 선택지를 따라갈 수는 없지만, 수시로 서점에 들러 다양한 책을 구입해놓는다. 아직 읽지 않은 책은 책꽂이에 꽂지 않고 보기에 너저분할 정도로 표지가 쉽게 눈에 띄게 눕혀놓는다. 서점에서도 서가에 꽂힌 책과 평대에 누워 있는 책의 생명력은 천양지차다. 책은 고이 모셔놓기 위한 물건이 아니다.

그 좋아하던 책을 읽기 위해 이런 의식적인 노력을 해야 한다는 것이 씁쓸하기도 하지만, 그만큼 책의 라이벌들은 막강하다. 책 중독자였던 어린 시절 정도까지는 어렵겠지만, 그래도 책씨, 분발해주길 바라.

책으로 놀기의 끝은?

　　　　　　　　책으로 노는 방법은 읽기 외에도 많
다. 책 모임을 꾸려 책 수다 떨기, 소셜미디어를 이용해 책으
로 잘난 척하기, 책 수집하기, 책을 테마로 여행하기…… 그
런데 그중 끝판왕은 역시 직접 책을 쓰기가 아닐까 싶다. 그
렇다. 나는 성공한 덕후인 것이다(으쓱으쓱)!

　평생 책을 즐겨 읽었지만 자기가 쓴 책을 읽는 느낌은 뭔가
다르다. 그건 두세 살짜리 아이가 방금 싼 큼지막한 자기 똥
한 덩이를 내려다보며 뿌듯해하는 마음에 가깝다. 엄마! 나
고구마 똥 쌌어! 엄청 커!

겸손한 성격도 아니지만 그렇다고 바보도 아니기 때문에 내 글이 대단하다고 생각하지는 않는다. 이래 봬도 세계 최고 글쟁이들의 글을 어릴 때부터 읽어온 책벌레다. '대체 이게 인간이 쓴 글이란 말인가?' 싶은 아름다운 글을 읽어왔고, 조사 한 글자를 바꿀지 말지 며칠을 고민하며 돌에 조각하듯 글을 써내려가는 치열한 작가 정신도 봐왔다. 그에 비하면 내 글은 기본적으로 온라인에서 휘리릭 일기 쓰듯 투덜대듯 끄적이는 인터넷 글쓰기의 연장선상에 있다. 애초에 책을 내게 된 계기 자체가 듀나 게시판과 법원 내부 게시판에 잡다한 글을 끄적이던 버릇이었으니 당연한 일이다.

그런 주제에 책을 계속 낼 수 있었고, 과분한 관심을 받기도 했던 이유의 70퍼센트 이상은 판사라는 직업이 주는 의외성이었다고 생각한다. 노량진 만홧가게에서 하루하루를 보내던 고시생 시절의 내가 『개인주의자 선언』을 써서 출판사에 가져갔다면 뭐라고 했을까? 네네, 선언 많이 하시고요, 응원합니다. 파이팅!

그걸 생각하면 죄송함에 마음이 무거워지기도 하지만 그렇다고 교보문고 한가운데서 삼보일배를 할 수도 없고 '앞으로는 더 잘 쓰라는 채찍질로 알고 아마추어적인 글쓰기는 더이상 하지 않겠습니다!'라고 약속드릴 수도 없다. 애초에 나는 말이나 노새도 아닐뿐더러 SM 취미도 없기 때문에 채찍은 그다지…… 죄송. 그게 아니라 뻔뻔한 얘기지만 나는 완성도에 상관없이 내 글을 좋아하기 때문이다.

평생 내가 좋아하는 스타일의 글을 편식하며 읽어왔으니 알게 모르게 내가 쓰는 글에도 그 흔적이 묻어나올 수밖에 없다. 움베르트 에코의『세상의 바보들에게 웃으면서 화내는 방법』이니 무라카미 류의『69』이니 박민규의『삼미슈퍼스타즈의 마지막 팬클럽』같이 어깨에 힘 빼고 킬킬대면서 읽게 되는 글이 내 취향의 글들이라 너무 진지하고 아름다운 글을 쓰라고 하면 쓸 능력도 없지만 스스로 몸이 뒤틀려서 견디질 못한다.

다행히도 글쓰기 대중화의 시대에 태어나 책 쓸 기회를 얻게 되었으니 생태계 종 다양성에 기여한다는 마음으로 이 또한 하나의 스타일이라고 주장하며 계속 써보고 싶다. 눈높이 높은 독자분들이 혀를 차며 글이 난삽하다고 야단을 치시면 죄송함다, 실은 저는 에이스가, 아니어서요, 라고 고개를 꾸벅하며 말이다.

그럴 만큼 책을 쓴다는 건 재미있는 일이다. 고통스럽기만 하다면 굳이 쓸 리 없다. 그 재미 중 첫번째는 의외성이다. 글이란 머리로 쓰는 것이 아니라 손끝으로, 또는 엉덩이로 쓰는 것 같다. 머릿속에 이미 완성된 형태로 존재하는 무엇을 옮겨

적는 것이 아니라 막연한 아이디어 조금만 있는 상태에서, 때로는 그것도 없는 상태에서 무작정 자판을 두들기다보면 스스로도 생각 못했던 표현이나 명제가 튀어나올 때가 있다. 가끔 정말 뿌듯한 똥이 나오는 것이다. 남들이 어떻게 평가하든 나 스스로는 대견하게 느껴지는 구절이 튀어나올 때면 등골이 짜릿하다. 그 맛에 글을 쓰게 되는 것 같다.

두번째는 내 글에 반응하는 타인들을 발견하는 신기함이다. 나는 철저히 내가 좋아하는 글만 쓴다. 쓰기 싫은 글은 쓰지 않는다. 내 삶의 태도는 어릴 적부터 '재수없음'으로 요약할 수 있다. 내가 왜? 내가 뭐가 아쉬워서? 난 그렇게 절박하지 않아. 구차하게 그렇게까지? 아님 말구. 너 아니어도 많아. 그래서 욕도 많이 먹어봤지만, 그게 나를 지키기 위한 자기암시이기도 했다. 스스로 무리한 욕심을 부리지 않게 차단하는 것이다. 보다 많은 것을 욕심내려면 타고난 그릇이 엄청나게 크든지, 아니면 자기 자신을 바꾸어 세상에 맞춰야 한다. 언제나 나 자신에 가장 관심이 많았던 덕에 내 그릇은 내가 잘 안다. 외부에서 요구되는 것이 지나치게 많아지면 결국은 견디지 못하고 숨어버리는 체질이다. 죄송한데요, 제가 거리에 좀 민감해서요.

책을 쓸 때도 마찬가지다. 어떻게 쓰면 보다 많은 이들의 사랑을 받을 수 있는지, 내 셀링 포인트를 살려서 어떤 책을 쓰면 더 구매 욕구를 자극할지 출판기획자의 마인드로 생각해보면 여러 선택지가 나오지만, 우선 내가 쓰면서 재미를 느끼지 못하면 쓰는 게 불가능하다. 그래서 여러 가지 부족한 점을 잘 알면서도 그저 내 취향대로 쓴다. 그렇기 때문에 내 글을 좋아해주는 사람들을 보면 묘한 친근감을 느낀다. 나와 비슷한 구석이 어딘가에 있을 것 같아서다. 세상엔 참 다양한 사람들이 있다. 나는 그 모든 사람들로부터 굳이 사랑받고 싶지 않다. 무서운 사람도 많고 싫은 사람도 많거든. 나와 비슷한 사람들이 편해서 좋은데, 그들로부터도 사랑까지는 부담스러우니 호감 정도 받으면 충분하다. 책도 마찬가지다. 나는 모든 사람들의 입맛에 맞는 글을 쓰려 노력하고 싶지는 않다. 그보다는 내가 쓰는 글을 좋아하는 취향의 사람들이 늘어나면 좋겠다. 님들아, 번식해라.

세번째는 스스로 책을 쓰다보면 책의 저자들이 어떻게 책을 쓰는지 그 신비의 베일 뒤에 가려진 모습을 엿볼 수 있게 된다는 점이다. 물론 쓰는 사람마다 다르겠지만 그래도 짐작되는 것들은 생긴다. 무엇보다, 글을 보고 사람을 평가하는 건 속단이라는 점을 알게 된다. 자학 취미가 있지 않고서야 숨기고 싶은 자기 위선과 추악한 치부 위주로 글을 쓸 사람은 없다. 어차피 글쓰기도 진화심리학적으로는 인스타에 셀카 올리기, 수컷 공작새의 꼬리 펼치기와 다를 바 없을 거다. 사회적 동물인 인간이 자기 장점을 어필하여 생존과 번식에 유리한 자원을 얻기 위한 투쟁이다. 인정욕구와 결부되지 않은 표현 욕구란 없다. 다른 점이라면 그걸 어느 정도로 노골적으로 하느냐, 세련되게 감추며 하느냐가 있겠지만, 더 중요하게는 자기가 지금 잘난 척 자신을 포장하고 있다는 점을 스스로 알고는 있느냐, 그것조차 모를 정도로 바보냐 정도일 것이다.

다시 한번 겸손한 성격은 아니지만 그렇다고 바보는 아니고 싶기에 『판사유감』 때부터 언제나 일종의 경고문처럼 나는 원래 이기적이고 찌질하고 자기중심적인 인간에 불과하고, 책에 나오는 글은 그런 나조차 인간이기에 어쩔 수 없이 때때로 느끼게 되는 기특한 생각들에 불과함을 밝히고 있다. 글이란 쓰는 이의 내면을 스쳐가는 그 수많은 생각들 중에서 그래도 가장 공감을 받을 만한 조각들의 모음이다. 나는 그래서 책이 좋다. 책을 읽는다는 것은 커피 두 잔 값으로 타인의 삶 중에서 가장 빛나는 조각들을 엿보는 것이다. 그것도 쓴 사람 본인이 열심히 고르고 고른. 그게 싫고 인간들의 비열함과 어리석음, 그악스러움을 보는 게 좋다면 굳이 돈 들여서 책을 살 필요가 있나? 인터넷에만 접속해도 공짜로 무수한

샘플을 구할 수 있는데. 그건 공기와도 같이 이미 세상에 가득차 있다.

글재주 좀 있는 자들이 거짓으로 자신을 치장하는 걸 읽으라는 얘기냐고 반문할지도 모르겠다. 책을 읽다보면 구차한 자기 포장들도 있지만 아, 이건 진짜구나, 싶은 이야기들도 있다. 신기하게도 어떤 거창하고 화려한 이야기보다 그런 부분들이 눈에 들어온다. 아무리 시시하고 소박한 이야기더라도 말이다. 글이란 뛰어난 문장만으로 얼마든지 써낼 수 있는 것은 아닌 것 같다. 좋은 글은 결국 삶 속에서 나오는 것 아닐까. 문장 하나하나가 비슷하게 뛰어나더라도 어떤 글은 공허하고, 어떤 글은 마음을 움직인다.

그렇다고 '좋은 글을 쓰려면 우선 열심히 살아야 한다'는 이야기를 하는 건 아니다. 삶은 글보다 훨씬 크다. 열심히 살든 되는대로 살든 인간은 어떻게든 각자 살아야 한다. 되는대로 살 때 더 좋은 글이 나오기도 한다. 그저 솔직히 자기 얘기를 계속 쓰는 것 정도가 글쓰기를 위해 할 수 있는 일 아닐까. 그중 어떤 얘기는 좋은 글이 될 것이고 어떤 얘기는 시시한 글이 될 것이다. 그건 쓰는 이가 의도한다고 되는 일이 아닌 것 같다. 좋은 문장을 쓰기 위해 노력하는 사람은 좋은 이야기를 우연히 만났을 때 그걸 더 잘 전달할 가능성이 높아질 뿐이다. 물론 그건 대단한 차이를 낳지만 그렇다고 돌멩이를 금덩어리로 바꾸는 연금술은 아닌 것이다.

3장

계속
읽어보겠습니다

나는 간접경험으로
이루어진 인간이다

돌이켜보면 나는 책을 통해 타인을 발견하고 세상을 발견해왔다. 직접 사람들 속으로, 세상 속으로 뛰어들어 부둥켜안고 몸부림치는, 그런 사람이 못 된다. 어릴 적부터 어디에도 소속감을 느끼지 못한 채 이방인들 사이에 던져진 고립된 존재로 스스로를 생각해왔다. 타인들이 성큼 내게 다가오면 불쑥 겁부터 난다. 그것이 나의 한계다. 나는 그 정도밖에 안 되는 사람이다.

책이 나와 세상을 연결하는 가느다란 끈이었다. 책을 통해 나와 다른 사람들의 감정과 고통, 욕망을 배워왔다. 판사가 된 이후의 삶도 어떻게 보면 비슷하다. 법정에서 재현되는 것은 실제 삶이 아니다. 재판 기록은 결국 누군가에 의해 편집된 삶이다. 나는 끊임없이 타인의 삶을 읽고 바라보며 살아온 것이다.

간접경험은 당연히 직접경험만큼의 깊이는 없다. 나는 나와 다른 사람들을 진심으로 깊이 이해해본 적이 있다고 감히 말할 수 없다. 그래도 다행이라고 여기는 것은 남들의 삶을 읽기라도 함으로써 조금씩 조금씩 내가 공감할 수 있는 범위를 넓히며 살아올 수 있었다는 점이다.

그 공감이 기존의 세계를 부숴버릴 듯한 충격으로 다가왔던 순간들이 있다. 고등학생 때 『죽음을 넘어 시대의 어둠을 넘어』라는 책을 읽었던 순간, 1980년 광주에서 이른바 국가가 시민들에게 어떤 일을 행하였는지를 처음으로 알게 되었다. 나는 그때까지 '지금, 여기'가 아닌 먼 곳들에 대한 이야기만 읽어왔었다. 먼 옛날에 이미 시민혁명이 이루어졌고, 개인의 자유와 다양성이 존중되는 사회 안에서 벌어지는 이야기들 말이다. 교과서에서도 그게 인류 역사라고 배웠다. 그래서 난 그게 '상식'인 줄 알았다. 그 모든 믿음이 한순간에 부서지는 순간이었다. 대한민국은, 그런 곳이, 아니었습니다! 난 그래서 한강의 『소년이 온다』를 아이들에게 읽으라고 권한다. 교과서에 몇 줄 추가된 설명만으로는 국가라는 것이 얼마나 무서운 괴물이 될 수 있는지 실감하지 못할 것 같아서다.

대학에 들어간 후 접하게 된 대부분의 책들은 '대한민국은, 그런 곳이, 아니었습니다!'에 관한 것들이었다. 아니, 어쩌면 인간 세상이란 원래 그런 곳이 아니라는 책들이었는지도 모르겠다. 앞에서도 이야기했듯 그런 세상을 바꾸어 유토피아를 만들겠다는 책들에 대해서는 섣불리 믿음을 가질 수 없었지만(애초에 '믿음'과는 거리가 먼 체질이다), 그렇다고 현실에 냉엄하게 존재하는 부조리와 타인들의 고통에 대해 충격을 받지 않을 수는 없었다. 나는 매일같이 대학가의 사회과학 서점에 틀어박혀 교과서와 다른 실제 세계에 대한 책들을 읽고 또 읽었다.

그때의 충격 때문인지 내게는 세상의 진짜 모습을 알고 싶다는 욕구가 있다. 『사당동 더하기 25』나 『힐빌리의 노래』처럼 빈곤이 가정과 아이들에게 미치는 영향을 실증적으로 보여주는 책들, 『인구 쇼크』같이 지구 곳곳에서 인구 집단이 어떻게 변화하고 있고 그 배경에는 어떤 문제들이 있는지 알려주는 책들, 『우리는 차별에 찬성합니다』와 『절망의 나라의 행복한 젊은이들』같이 저성장시대에 절망한 젊은이들이 어떻게 각자의 방식으로 대응하는지 보여주는 책들을 읽는다. 세상은 갈수록 빠르게 변화하고 복잡하게 분화되어가기 때문에 읽어도 읽어도 그 속도를 따라잡기가 어렵다.

이런 독서를 '쾌락'이라는 키워드로 설명하는 건 맞지 않을지도 모른다. 그렇다고 의무감만으로 읽는 것은 아니다. 뭐랄까, 본능에 가까운 것 같다. 내가 살고 있는 세상에 대해 아무것도 모른 채 눈을 감고 걷고 싶지는 않다는 생존 본능이기도 하고, 아무것도 몰라서 남들에게 고통을 주는 일만은 하고 싶지 않다는 최소한의 윤리의식이기도 하다. 이런 면에서 잠시라도 타인의 입장이 되어볼 수 있게 해주는 책들은 나를 '눈먼 자들의 도시'에서 구원해준다.

나의 말 한마디, 행동 하나가 누군가에게 고통을 줄 수 있다는 걸 생각하지 않은 채 남들 하는 대로, 관습에 따라, 지시받은 대로, 조직논리에 따라 성실하게만 살아가는 것, 그것이 인류 역사에 가득한 악惡의 실체였다. 흑인과 같은 화장실을 이용하면 병균에 감염된다고 진심으로 믿은 미국 남부의 숙녀들, 유대인을 가스실에 보내는 일이 맡은 바 행정절차일 뿐이라고 믿은 독일 공무원들, 미국 한 주보다도 작은 나라에서 호남 사람들은 다 뭐가 어떻고 저떻고 말도 안 되는 소리를 킬킬대며 지껄이는 사람들, 여자의 '노'는 '예스'니까 남자가 좀 터프하게 밀어붙여야 된다고 믿는 남자들. 누군가에게는 좋은 부모고, 자식이고, 친구였을 평범한 사람들이 누군가에게는 악마였다. 타인의 입장에 대한 무지가 곧 악인 것이다. "무식한 사람이 신념을 가지면 무섭습니다"라는 이경규의 말을 들으며 웃을 수 없는 이유다.

나 자신을 위해서도 타인에 대한 이해는 필요하다. 무지는 공포와 혐오를 낳는다. 타인의 입장을 이해하지 못하면 그들의 모든 언어가 소음으로만 들리고 그들의 존재 자체가 위협으로 느껴진다. 소음과 위협, 공포에 둘러싸여서 사는 것은 불행하다. 타인의 입장을 이해하고 나면 의외로 타협하고 수용할 수 있는 부분도 있음을 발견하게 된다. 그것은 나에게도 평화를 준다. 동시에 내가 어디에 서 있는지를 돌아볼 수 있는 기회도 제공해준다. 미디어의 발달로 그 어느 시대보다 다양한 입장의 사람들의 목소리가 쏟아져나오는 지금은 더더욱 노력할 필요가 있다. 귀를 닫아버리기 쉽기 때문이다. 당장 크게 아쉬울 것이 없는 처지의 사람들은 더욱 그렇다. 세상에 나 빼고는 다 정신 나간 사람들만 있는 것 같다.

정치, 젠더, 환경, 교육…… 거의 모든 이슈마다 양쪽 극단에서 가장 큰 소리들이 쏟아져나온다. 목소리가 크고 공격적인 이들이다. 중간에 있는 이들은 눈살을 찌푸린다. 왜 저 사람들은 저렇게 공격적이고, 유연하지 못하고, 비합리적이고, 시끄럽지? 하지만 그 소음 속에는 귀기울여 들어야 할 진짜

신호들이 있다. 그건 대부분 '힘들어 죽겠어……' '아파……' '억울해……'라는 비명이다.

성폭력을 겪은 이들이 어떻게 온건하고 예의바르게 성차별과 혐오에 관해 이야기할 수 있을까. 알바로 하루하루 살아가는 젊은이가 어떻게 최저임금 인상이 거시경제에 미칠 영향까지 걱정할 수 있을까. 전쟁으로 가족을 잃은 노인이 어떻게 안보에 대해 지나칠 만큼 예민하지 않을 수 있을까.

아이를 키워본 사람들은 다 알 것이다. 성난 눈으로 부모를 노려보는 아이가 진짜 하고 싶어하는 말을. 감기는 고통스럽지만 우리 몸에 꼭 필요한 신호다. 열이 펄펄 끓는 것도 우리 몸이 열심히 병과 싸우고 있음을 알려준다. 고통을 느끼지 못하는 사람은 자기가 죽어가는 것도 모른다. 우리 사회의 여러 갈등은 실은 보다 건강하고 행복한 사회로 나아가기 위한 진통이다. 국론 분열이 사회를 살리기도 한다. 중간자들이 제 역할을 다한다면.

줄다리기는 양끝에서 몸을 던지는 이들이 아니라 중간에 맨 손수건이 약간 움직이는 것으로 승패가 결정된다. 중간에 있는 이들이 제자리에서 튼튼하게 버텨주지 않고 시늉만 하고 있으면 줄은 한쪽으로 확 끌려가고 만다. 중간자들은 성실한 독자여야 한다. 들어야 할 진짜 목소리를 듣고, 작은 한걸음이라도 나은 방향으로 내디뎌야 한다. 양끝에서 몸을 던지는 이들이 이를 악물고 외쳐대는 욕설 때문에 이들을 비웃어서도 안 된다. 결국 가장 먼저 넘어져 뒹굴고 흙투성이가 될 것은 양끝에서 몸을 던지는 이들이기 때문이다.

무엇보다 먼저 알아야 한다. 지금 내가 남들보다 조금이라도 중립적이고 합리적일 수 있다면, 그건 나의 현명함 때문이 아니라 나의 안온한 기득권 때문임을.

셰익스피어가 흉악범을
교화시킬 수 있을까?

　　　　　　　　　여기, 독방에 갇힌 무기수가 있다.
어느 날 그는 우연찮게 한 영문학 교수를 만나 셰익스피어 강
의를 듣게 된다. 이후 십 년간 이어진 수업의 결과, 무기수는
삶의 구원을 얻는다.

　실로 놀라운 이 얘긴 『감옥에서 만난 자유, 셰익스피어』라
는 책의 줄거리다. 미국 인디애나 주립대 영문학 교수인 저자
는 25세이던 1983년, 시카고 소재 쿡카운티 단기교도소 재소
자를 대상으로 자원봉사 삼아 문학을 가르치기 시작한다. 이
봉사는 2010년까지 약 삼십 년간 여러 교도소로 이어졌다.

　저자는 2003년 가장 위험한 죄수를 장기간 격리수용하는

'감옥 안 감옥' 슈퍼맥스Supermax에서 독방에 갇힌 죄수들에게 강의를 시작했고, 그곳에서 십대에 살인죄를 저질러 가석방 없는 종신형을 살고 있는 무기수 래리 뉴턴을 만난다. 이후 십 년간 그에게 셰익스피어를 가르친다.

이 책은 법관으로서 관심을 가질 수밖에 없는 내용을 담고 있다. 하지만 바로 그 이유로 묘한 저항감이 있었던 것도 사실이다. '너무 그럴듯한' 얘기 아닌가!

'셰익스피어를 가르치면 흉악범도 교화될 거야.' 어쩌면 이 역시 지식인의 선입견에 불과할 수 있다. 왜 하필 셰익스피어지? 영문학에서 그가 갖는 위상 때문에 막연히 선택된 것 아닐까? 더구나 무기수라면 비단 셰익스피어가 아니라 뭐가 됐든 '외부 세계와 자신을 이어주는 한 줄기 통로'인 교수의 관심을 받기 위해 열심히 노력하지 않았을까?

교수 역시 자신의 노력에 대한 보상 심리 때문에라도 '죄수가 긍정적으로 변화하고 있다'는 쪽으로 애써보려 할 것이다. 실제로 사형수와 지식인 간 미묘한 관계 형성 과정을 다룬 문학도 있다. 미국 작가 트루먼 카포티가 실제 사형선고를 받은 살인범을 장기간 인터뷰해 쓴 걸작 논픽션 『인 콜드 블러드』가 그것이다. 이 작품은 필립 시모어 호프먼 주연의 〈카포티〉로 영화화되기도 했다.

의심 많은 성격을 탓하며 책을 읽기 시작했다. 이번엔 문체에서 벽을 만났다. 이건 순전히 '취향'의 문제인데 역시 난 너무 선하고 건전하며 훌륭한 글엔 금방 지친다. 독실한 종교인이나 진실한 상담 전문가, 열정에 불타는 사회운동가의 좋은 글을 접하면 박수는 치면서도 재밌게 읽진 못한다. 내 취향은 살짝 삐딱하고(이때 포인트는 '살짝'이다. '열심히' 삐딱하면 지루하다) 느긋하며 가끔 비루한 글이다.

그래도 분명 참고할 만한 내용이었으므로 죽 읽어나갔다. 그런데 중반 이후 이런 구절들이 정신을 번쩍 나게 했다. '왜 어떤 사람들은 어린 시절부터 범죄에 빠져들게 될까?'에 대해 너무도 생생하게 설명해주는 내용이었다.

"대다수의 살인은 열정적으로 계획한 게 아닙니다. 그저 상황에 따라 멍청하게 저지른 행동일 뿐이에요." "살인을 저지른 사람들의 상당수가 약간의 영향만 있어도 다르게 행동했을 겁니다."[6] 책 속 경찰관 살해범의 말이다. 이는 내 재판 경험에 비추어봐도 틀리지 않다. 특히 '멍청하게'란 표현은 정말 적절하다. 악마 같은 흉악범이 계획적으로 벌이는 살인은 드물다. 평범한 사람이 사소한 분쟁에 휘말려 순간 울컥해 저지르는 범행이 더 많다. 심지어 동네에서 막걸리 내기 윷놀이를 하던 오십대가 옆에서 자꾸 귀찮게 훈수하는 이웃을 때려 숨지게 한 경우도 봤다.

이 책엔 비행청소년이 많은 한 고등학교에서 십대 때 살인을 저지른 죄수들의 충고를 녹화한 동영상이 상영되자, 그 어떤 교사 얘기도 듣지 않던 소년들이 귀를 기울이기 시작했다는 일화도 등장한다. 해당 동영상을 본 소년들의 반응은 이랬다.

"형들이 하는 말을 들으니 어떤 교사도 그 말을 더 낫게 얘기하진 못할 것 같아요." "잘못된 선택을 하면 얼마나 신세를 망칠지 당신들이 얘기하고 있었다는 거죠. 당신들이 개소리를 지껄이고 있었다면 난 잠을 잤을 거예요. 그래서 절 도울 수 있는 사람들의 말을 들었다고 말하려는 거예요."[7] 누구 말도 듣지 않을 것 같던, 막가는 소년들도 자신과 같은 처지의 사람들이 하는 얘기엔 귀기울인다.

저자는 살인 등으로 종신형을 받은 소년 죄수들에게 『로미오와 줄리엣』의 각색 작업을 맡겼다. 결과는 흥미로웠다. 이들은 사랑 얘기가 아니라 (로미오처럼 착한 아이가 살인을 저지르도록 압박하는) '또래 집단의 압력'에 작업의 초점을 맞췄다.

이들의 각색 희곡은 로미오가 '티볼트'를 죽이고 경찰에 체포되는 걸로 끝난다. 이 희곡으로 연극을 공연한 후 소년수들은 말했다. "전 열네 살에 살인으로 교도소에 들어와 199년형을 살고 있습니다." "전 열일곱 살에 교도소에 들어와 가석방 없는 종신형을 살고 있습니다. 절대 집으로 돌아가지 못합니다." "우린 여러분이 로미오의 잘못에서 뭔가 배우길 바랍니다, 그리고 우리들의 잘못에서도."[8]

래리 뉴턴은 베이츠 교수의 '교도소 제자' 중에서도 가장 열정적이고 뛰어난 기량을 보였다. 실제로 그는 영문학자들이 놀랄 정도로 셰익스피어에 관한 독창적 글을 많이 남겼다. 오랜 수업 끝에 그는 이런 말을 남겼다. "제가 저지른 폭력 행위와 이 모든 일은 다른 사람에게 인정받거나 칭찬받고 싶은 사고방식 때문에 벌어진 일들이었어요. (…) 이젠 남들에게 인상을 남기는 다른 방법을 찾았어요. 제 지적 능력이나 뭐 그런 걸로요."[9]

소외 계층 청소년이 그리도 쉽게 범죄에 빠지는 이유 중에는 '내 소속 집단에서 인정받고 싶은 욕구'도 있었다. 가정과 사회에서 이들의 인정욕구를 충족시킬, 보다 나은 집단에의 소속감을 제공해주지 못한 결과가 범죄로 연결되기도 하는 것이다. 소년범들과 대화를 나누던 베이츠 교수는 그들의 범죄 경험이 대부분 7~8세 때 시작된다는 얘길 듣고 놀란다. 한 소년범은 그에게 이렇게 말했다. "일곱 살부터 열 살까지의 아이의 경험이 십대와 성인으로서의 행동을 결정해요."[10] 교육 전문가나 심리학자의 말이 아니라, 소년범의 말이다.

실제로 베이츠 교수가 가르치던 소년수 한 명은 전학을 자주 다니던 아이였는데 가벼운 장난 몇 건 때문에 교사의 미움을 샀다. 교사는 그를 교실 뒤쪽 칸막이 뒤에 세워둔 채 한 학기를 보내게 했다. 이후 소년은 거리로 나섰고 그의 인생은 마약과 폭력으로 얼룩졌다. 그 소년수는 말했다. "학생을 교실 뒤쪽 칸막이 뒤에 두면 그는 자라서 살인을 저지르게 될 거예요."[11]

베이츠 교수와의 셰익스피어 수업을 통해 놀라운 지적 성장을 이룬 래리 뉴턴이 한 학술지에 기고한 에세이가 있다. 그중 인상적인 구절이 있다.

"수많은 죄수들이 결국 집으로 돌아갑니다. 그래서 그들은 우리의 이웃이 될 것입니다. (…) 어떤 종류의 죄수가 여러분 옆에 살길 원하십니까? (…) 여러분에겐 그들이 좋은, 혹은 나쁜 이웃이 되도록 도와줄 힘이 있습니다. 교육만이 큰 변화를 일으킬 수 있는 유일한 과학입니다."[12]

그렇다. 죄수들 중 대부분은 결국 사회로, 우리 곁으로 돌아온다. 그들을 모두 사형시키거나 무기 복역시키지 않는 이상. 사람들은 이 점을 쉽게 잊곤 한다. 그래서 범죄자들에게 어떤 고통을 가해야 하는지에 더 관심이 많고, 이들을 어떻게 변화시켜야 하는지에 대해서는 무관심하거나 냉소적일 때가 많다. 범죄자들은 선천적으로 위험한 괴물이고, 장기간 사회로부터 격리하는 것만이 해결책이라고 생각하는 이들이 많은 것이다. 물론 그런 경우도 존재한다. 그렇다고 모든 범죄자가 구제불능의 괴물일까.

히스 형제의 책 『스위치』에 어린 자녀를 구타해 골절상을 입히는 등 아동학대 부모들을 대상으로 행동치료를 수행한 사례가 나온다. 처음 부모들에게 주어진 과제는 자녀와 매일 단 5분씩만 놀아주는 것이었다. 그 시간 동안은 아이들에게 완전히 집중해야 한다. 전화도 받지 말고, 뭘 가르치려 들지도 말고, 아이들이 놀이를 주도하도록 해야 한다. 부모들은 명령을 내려서도 안 되고, 비평을 해도 안 되고, 질문을 던져서도 안 된다. 아이가 그림을 그리면 부모도 따라서 그림을 그린다. 아이가 부모의 크레용을 빼앗으며 "나 이거 할래!" 하고 외치면 마음껏 쓰라고 내주고 다른 크레용으로 그림을 그린다. 아이가 심술궂게 또 부모가 쓰는 크레용을 못 쓰게 하면 그에 순순히 따른다. "네 말이 맞아. 이 색은 어울리지 않는구나."

아동학대 부모들에게 이 5분은 무척이나 힘든 시간이었다. 자기통제를 계속해야 하기 때문이다. 이런 아동 중심 상호작용이 익숙해지면 자연스럽게 아이를 칭찬하는 법, 구체적인 이유를 설명해주면서 아이들에게 어떤 행동을 요구하는 법 등을 배우게 된다. 110명의 학대 부모는 두 그룹으로 나뉘어 절반은 일반적인 분노조절 요법 치료를, 나머지는 위와 같은 부모-자녀 상호작용 치료를 받았다.

치료 후 3년간 추적 관찰한 결과 전자의 60퍼센트가 다시 아동학대를 한 반면, 후자의 20퍼센트만이 다시 아동학대를 했다. 아동학대 부모 중 상당수는 선천적인 괴물이어서 아이를 때린 것이 아니었다. 그들은 서너 살짜리 아이들의 행동 패턴을 이해하지 못했고, 아이 교육 방법에 대해 무지했다. 제대로 상호작용을 하는 법을 교육받자 그들 중 80퍼센트가 아동학대를 멈추었다.[13]

내 재판 경험에 비추어보아도, 범죄자 중 다수는 가정과 학교에서 제대로 된 교육을 받지 못한 사람들이었다. 놀라울 정도로. 교도소에서라도 이들이 제대로 사회적 관계를 맺으며 살아갈 수 있도록 교육해야 한다. 이들 모두를 영원히 가두어둘 수는 없고, 이들 중 대부분은 언젠가는 이 사회로 돌아올 것이기 때문이다. 래리 뉴턴의 에세이는 정확히 이 지점을 포착하고 있었다.

'왜 하필 셰익스피어?'라는 첫 의문에 대해서도 책을 다 읽은 후 다시 생각해보게 됐다. 갱스터 생활을 하던 소년수들이 『로미오와 줄리엣』에서 주목한 지점은 (내가 생각조차 하지 못했던) '범죄를 저지르게 만드는 또래 집단의 압력'이었다. 뉴턴의 셰익스피어 해석이 학자들을 놀라게 한 것도 당연하다. 그는 일반인과 다른 지점에서 다른 곳을 바라봤다. 그리고 셰익스피어의 작품들은 다양한 지점에서 바라볼 수 있는 다양한 풍경을 지니고 있다. 시대는 바뀌어도 인간의 욕망과 감정은 쉽게 변하지 않는다. 다양한 인간들의 오욕칠정을 풍부하게 담아낸 고전은 거울이다. 그 앞에 서는 이들은 누구나 자기의 모습을 발견해내고 마는 것이다.

앞서도 이야기했지만 난 고등학교 시절 학교 도서관에서 셰익스피어 희곡 전집을 발견, 탐독하면서 현란한 언어유희의 묘미에 빠졌었다. 내가 볼 수 있는 풍경은 그 정도였다. 반면, 소년 시절에 폭력·마약·살인을 저질러 지하 독방에 갇힌 무기수들은 교육 수준에 관계없이 셰익스피어를 통해 천국에서 무간지옥 바닥까지 경험한 것이다.

법조인들에게
가장 필요한 책은?

　　　　　　　　　　법조인들이 꼭 읽어야 할 책이 무엇
일까? 추리소설? 나도 어릴 적에 추리소설깨나 좋아했기는
하다. 아르센 뤼팽, 셜록 홈스에서 에르퀼 푸아로까지.

　그런데 유감스럽지만 현실에서는 천재적인 법조인이 자신
의 '잿빛 뇌세포'를 풀가동하여 앞뒤가 딱딱 맞는 기가 막힌
추리를 해낸 후 '당신이 범인입니다!'를 외친다고 하여 피고
인이 자리에 얼어붙은 채 '아니야…… 난 아니야……'를 되
뇌다가 갑자기 권총을 꺼내들어 자기 머리에 대고 발사하는
일도, 방청하던 사람이 자리에서 벌떡 일어나 누가 봐도 완전
수상하게 갑자기 어딘가로 도망치는 일도 생기지 않는다. 현

실의 인간들은 대부분 경이적일 만큼 자기 잘못을 인정하지 않는다. 명백한 증거 앞에서도 정말 진심으로 억울해하는 초능력을 가지고 있는 경우도 많다. 인간이란 친구를 잔혹하게 살해하고도 왜 옆방 살인범은 징역 15년 받았는데 나는 17년이나며 '무전유죄 유전무죄!!'를 외칠 수 있는 존재다. 현실엔 추리소설 같은 엔딩은 없다. 지리한 증거 싸움이 있을 뿐이다.

게다가 특히 판사에게 추리소설적 상상력은 오히려 금물이다. 판사는 건조하게, 주어진 증거에 의하여만 판단해야 한다. 오히려 수사기관의 추리와 수사 결과 얻어진 자백과 증거를 꼼꼼히 검증하며 자백에 진실성이 있는지, 증거는 위법한 절차에 의하여 수집된 것은 아닌지 체크하는 것이 법관의 일이다. 말하자면 추리소설이 끝난 지점에서 법관의 일은 시작되는 것이다.

법조인의 일은 객관성을 필요로 한다. 사람들은 법조인들이 일반인들보다 더 객관적으로 일을 처리할 것이라고 기대한다. 문제는, 많은 법조인들이 자신이 일반인들보다 더 객관적으로 일을 처리하고 있다고 '주관적으로' 믿는다는 점이다. 증세가 심해지면 '무오류성'의 함정에 빠지게 된다. 모든 인간은 편견덩어리지만 나만은 아무 사심 없이 법과 증거에 따라

판단할 뿐이라는 자기확신이다.

그래서 나는 '자기객관화'에 도움이 되는 책이야말로 법조인들에게 가장 필요한 책이라고 생각한다. 예를 들자면 미국 최고의 형사 변호사이기도 한 하버드 로스쿨 앨런 더쇼비츠 교수의 책들이다. 더쇼비츠는 『최고의 변론』에서 '재판기관을 포함하여 법률을 다루는 조직을 더욱 의심스러운 눈빛으로 감시하기를 바란다. 판사를 포함해 권력을 가진 그 누구도 믿어서는 안 된다. 판결에 드러난 판사의 의견을 액면 그대로 믿어서는 안 된다. 원래 기록을 구해서 사건을 다시 검토해보면 판사가 얼마나 자주 사실관계와 적용 법률을 자기 입맛에 맞게 재단하는지 알게 될 것이다'라는 주장을 펼친다.

그는 경험을 통해 미국의 형사 재판을 지배하는 '법칙'을 발견했다고 선언하기도 한다. 다음과 같다.

제1조 대부분 형사 피고인은 사실상 유죄다.

제2조 모든 판사, 검사, 형사 변호사는 제1조를 알고 있고, 그렇게 믿고 있다.

제3조 헌법을 위반하면서 피고인에게 유죄판결을 내리는 것이 헌법을 지키면서 그렇게 하는 것보다 수월하고, 몇몇 사건의 경우 헌법을 준수하면서 피고인에게 유죄를 선고하는 것은

불가능하기까지 하다.

제4조 많은 경찰관들은 피고인의 유죄판결을 위해 헌법을 위반한 사실을 숨긴다.

제5조 모든 판사, 검사, 형사 변호사는 제4조를 알고 있다.

제6조 검사는 유죄판결을 받아내기 위해 경찰관들을 부추겨 헌법을 위반한 사실이 없다고 거짓말하도록 종용하는 경우가 많다.

제7조 판사는 제6조를 알고 있다.

제8조 대부분 제1심 판사는 경찰관의 거짓말을 믿는 척한다.

제9조 모든 항소심 판사는 제8조를 알고 있지만, 대부분 경찰관의 거짓말을 믿는 척하는 제1심 판사를 믿는 척한다.

제10조 판사는 대부분 헌법상 권리를 침해받았다는 피고인의 주장을 믿지 않는다. 설사 피고인의 주장이 진실이더라도 마찬가지다.

제11조 대부분 판사와 검사는 무죄라고 생각되는 피고인에게 유죄판결을 내리고 싶어하지 않는다.

제12조 제11조는 조직폭력배, 마약상, 상습범, 스파이에게는 적용되지 않는다.

제13조 정의 실현에 관심이 있는 사람은 아무도 없다.[14]

13번이 가장 충격적일 것이다. 물론 '아무도 없다'는 수사법이다. '모든' '아무도'는 과학의 언어가 아니다. '정말로 정의를 원하지 않는' 법조인도 거의 없을 것이다. 문제는, 자신의 주관적인 욕망으로부터 자유로운 사람 역시 거의 없다는 점이다. 유능하다고 인정받고 싶은 욕망, 이기고 싶은 욕망, 일을 효율적으로 빨리 처리하고 싶은 욕망, '관행'과 달리 처리하여 튀고 싶지 않은 욕망, 대중으로부터 비난받고 싶지 않은 욕망 또는 두려움.

앞서 이야기했듯이 현실의 인간들은 대부분 자기 잘못을 인정하지 않고, 명백한 증거 앞에서도 억울해하는 경우가 많다. 그리고 '명백한 증거'가 갖춰진 사건은 드물다. 추리소설과 전혀 다른 이런 상황 속에서 대중은 '악인이 반드시 벌을 받아야 한다'는 의미의 정의에만 관심이 있을 뿐, '이를 위해 국가가 반칙을 해서는 안 된다'는 의미의 정의에는 관심이 적다. 이에 더해 실은 욕망덩어리면서 여기에는 눈을 감고 자신의 무오류성을 믿는 법조인 집단이 결합하면? 1번 법칙만을 되뇌며 나머지는 못 본 척 지나가면 모두에게 박수 받고 존경받는다고 믿는 괴물이 탄생하는 것이다.

재판만이 아니다. 김두식 교수의 『불멸의 신성가족』 같은 책은 법원과 검찰의 권위주의적인 조직문화를 세세히 해부한다. 민주주의를 수호할 최후의 보루라는 곳들이 서열주의, 상명하복, 튀지 않아야 한다는 강박, 평판에 대한 두려움, 청탁 문화, 아랫사람은 쥐어짜면서도 윗사람에게는 순종적인 이중성으로 얼마나 병들어 있는지를 다양한 내부자들과의 인터뷰를 통해 고발하고 있다. 2009년에 나온 책이다. 나는 당시 이 책을 읽고는 선배, 동료, 후배를 막론하고 법관들에게 기회가 있을 때마다 일독을 권하곤 했다.

그런데 읽은 후의 반응에는 미묘한 온도차가 있었다. 공감하고 문제의식을 갖는 이들도 많았지만, 의외로 불쾌하다는 반응도 있었다. 저자가 매사에 너무 색안경을 끼고 바라보는 것 아니냐, 한국적인 정과 예의의 표현을 윗사람에게 잘 보이기 위한 충성 경쟁으로 매도하는 것이 불편하다, 어떤 조직이든 있을 수밖에 없는 현상들을 서열주의나 권위주의로 폄하한다. 가만히 관찰해보면 조직 내에서 인정받는, 속칭 '잘나가는' 이들 중에 이런 반응을 보이는 경우가 많았다.

그 결과물이 어떤 괴물을 낳았는지를 요즈음 충격 속에서 참담한 마음으로 지켜보고 있다.

다행인지 불행인지 서점에 갈 때마다 법조인들의 잘못에 관한 책들이 늘어가고 있다. 그런 책이 눈에 띌 때마다 다 정독하지는 못해도 넘겨보기라도 하려고 애쓰는 편이다. 사람 되기는 힘들어도 괴물은 되지 말아야지, 하는 두려움 때문이다.

판사의 관점에서
읽는 『속죄』

영국 작가 이언 매큐언의 대표작 『속죄Atonement』는 키라 나이틀리, 제임스 매커보이 주연의 영화 〈어톤먼트〉의 원작으로도 유명하다. 진실, 오해, 속죄, 문학의 본질 등 여러 실타래를 촘촘히 짜넣은 작품이지만 직업병은 어쩔 수 없어 나는 재판의 오류 가능성이라는 측면에 주목하며 읽었었다. 이제부터는 소설 내용이 상세히 나오니 스포일러를 피하고 싶은 분은 주의하시라.

『속죄』에서 주인공들의 운명을 한순간에 뒤바꿔버린 사건을 요약하면 이렇다. 1930년대 중반의 영국, 어느 날 밤에 저택 정원의 풀밭에서 15세 소녀 롤라가 누군가에게 강간당했다. 유일한 목격자는 그녀의 사촌인 13세의 소녀 브리오니다. 어두운 상태에서 브리오니가 근처에 나타나자 강간범은 일어나 도망쳤다. 브리오니는 롤라에게 다가가 범인이 누구였는지 물었는데 롤라는 망설이며 대답을 못하더니 손으로 눈이 가려져 있어 보지 못했다고 한다. 브리오니는 어둡긴 했지만 자기가 목격한 모습에 따르면 가정부의 아들 로비가 틀림없다고 확신하여 어른들 및 출동한 경찰들에게 자기가 강간 현장에서 로비를 목격했다고 얘기한다. 이에 근거하여 로비는 체포되어 재판을 받고 투옥된다. 어른들과 경찰이 보기에 목격자 브리오니를 의심할 이유는 없다. 브리오니와 로비는 어릴 적부터 친하게 지내온 사이다. 거짓 증언을 할 만한 원한 관계가 있을 리도 없다. 브리오니는 비록 13세지만 작가를 꿈꾸는 관찰력 있고 똑똑한 소녀다. 그리고 매우 간접적이지만 로비의 성향을 의심할 만한 증거도 브리오니가 제시한다. 브리오니의 언니 세실리아에게 로비가 보낸 편지다. 사귀는 사이도 아닌데 노골적이고 외설적인 성희롱에 해당하는 편지를 보낸 것이다.

DNA 검사법이 개발되기 훨씬 전인 1930년대에, 목격자 브리오니의 명확한 진술은 결정적인 증거였다. 그런데, 나중에

밝혀진 진실은 이와 달랐다. 롤라를 강간한 것은 당시 저택에 손님으로 와 있던 청년사업가 마설이었다. 한편 브리오니가 로비를 범인으로 단정한 것에는 이유가 있었다. 로비가 언니에게 전해주라고 한 편지를 몰래 뜯어보니 상상하기도 어려운 노골적이고 뻔뻔한 외설적인 문구가 쓰여 있었으며, 저녁때는 서재 구석에서 언니를 덮치다가 브리오니에게 들키자 그만두는 듯한 모습까지 본 것이다. 1930년대의 보수적인 영국 사회에서 13세의 소녀 브리오니는 로비를 위험한 변태성욕자라고 생각하여 공포에 사로잡혔고, 그런 상황에서 강간 현장을 목격한 것이다. 로비와 마설은 모두 키가 컸다. 실제 목격한 것은 어둠 속에서 키 큰 남자가 일어나 도망가는 모습뿐이지만 로비가 도망가는 모습을 목격한 것으로 진술한 것이다. 실제 재판을 해보면 성인들조차 사실과 의견을 잘 구분하지 못하곤 한다.

브리오니가 알지 못한 것은 어른들의 미묘한 관능과 연애 감정의 세계였다. 세실리아와 로비 두 젊은이는 '썸'을 타는 중이었던 것이다. 서로의 육체에 끌리는 미묘한 성적 긴장감 속에서 '밀당'도 하고 충동적인 실수도 하는 와중이었는데, 이를 이해할 도리 없는 브리오니의 13세 소녀다운 선입견에 더해 예비 작가다운 상상력이 더해지는 순간, 젊은 연인들은 지옥에 빠지고 만다. 사람들은 흔히 누군가를 함정에 빠뜨리는 것은 악인들이 계획적으로 하는 짓이라고 생각한다. 하지만 실제로는 선한 보통 사람들이, 아무런 악의도 없이, 아니 오히려 정의감으로 용기 있게 나서서, 결과적으로는 무고한 타인의 삶을 돌이킬 수 없이 파멸로 몰아넣기도 하는 것이다.

『속죄』가 보여주는 인간 인식의 한계는 브리오니의 것만은 아니다. 브리오니 때문에 인생이 뒤바뀐 피해 당사자인 로비 그리고 세실리아 또한 자신들이 겪고 있는 부조리와 관련, 뭔가 납득할 수 있는 설명이 필요했다. 그래서 기억 한편에 묻혀 있던 장면에 큰 의미를 부여하고 나름의 인과관계를 만들어냈다. 그 결과, 강간 사건의 진범을 자신만의 선입견에 기초해 단정 짓기에 이르렀다. '인텔리'인 로비가 아니라 육체노동에 종사하며 저택의 소녀들을 힐끔거리던 일꾼 '대니'가 범인이라고 말이다. 인간은 자신의 편견을 합리적인 추론으로 오인하곤 한다.

오판 사례를 연구한 책인 『무죄판결과 법관의 사실인정』은 미국 미시간 로스쿨의 새뮤얼 그로스Samuel R. Gross 교수 연구팀이 2012년에 발표한 미국의 오판 사례에 관한 실증적 분석을 상세히 소개하고 있다. 그로스 교수의 연구 결과에 의하면 성인 성폭력 사건에서 가장 큰 오판의 원인은 목격자(피해자 포함)의 오인 지목이라고 한다(81퍼센트). 예를 들어 1985년 흑인 로널드 코턴이 백인 여성인 제니퍼 톰슨을 강간한 범죄 사실로 무기징역을 선고받았다. 피해자 톰슨은 확신에 차서 완벽하게 증언했다. 이는 그녀가 강간을 당할 당시 나중에 범인을 꼭 잡고 말겠다는 일념으로 이를 악물고 강간범을 매우 세밀하게 관찰한 덕택이었다. 그런데 1995년 DNA 검사 결과 코턴의 결백이 입증되고 다른 흑인이 진범이었음이 밝혀졌다. 우리 인간의 인식 능력은 이렇게 슬플 정도로 불완전하다.

인간의 기억이 조작될 수 있음을 보여주는 사례도 있다. 그것도 미국 전역에서, 대규모로. 1990년대, 수많은 딸들이 어느 날 갑자기 되살린 성추행, 성폭행의 기억으로 아버지나 가족을 고발하여 법정에 세우는 열풍이 일어난 것이다. 너무나 끔찍한 세부사항들을 울면서 증언하는 피해자의 태도에는 한 점 망설임도 없었다. 그런데, 유사한 사례가 계속 늘어나면서 이상한 점도 늘어간다. 아버지와 어머니가 함께 너덧 살짜리 딸을 강간했다느니, 부모와 할아버지가 함께 사탄 숭배의식을 하면서 딸의 온몸에 짐승의 피를 뿌리고 집단 난교를 했다느니 하는 쉽게 믿어지지 않는 증언들이 확산되었던 것이다.

의혹을 갖게 된 전문가들 중에는 심리학자인 엘리자베스

로프터스Elizabeth F. Loftus 교수가 있었다. 여러 사례를 끈질기게 추적 조사한 결과, 피해자들이 잊었던 유년기의 성폭행 기억을 찾게 된 계기에는 공통점이 있음을 발견했다. 열성적인 심리치료사, 상담가들과의 면담이었다. 인간에게는 어린 시절의 충격적인 경험을 억압하는 방어기제가 있다는 프로이트 이론을 신봉한 이들은 우울증, 섭식장애 등을 호소하는 피상담자에게 끊임없이 어린 시절 근친 성폭력을 당한 경험이 있지 않느냐고 물었다. 그런 기억이 없다고 답하면 충격으로 자신의 기억을 봉인하고 있는 것이라면서 억압된 기억을 되살려내라고 열정적으로 되묻는다. 이런 과정이 반복되다보면 그러지 않아도 심리적으로 약해져서 상담가를 찾았던 이들은 어느새 자기도 그런 짓을 당한 적이 있다면서 반복된 질문을 통해 주입된 기억을 떠올리게 되는 것이다. 황당한 사탄 숭배 의식 등의 기억이 덧붙여지는 경우는 독실한 기독교 문화가 지배하는 중서부 지역 특유의 분위기와도 연관이 있다. 교회에서 악마 숭배에 대한 경고를 자주 들을수록 죄악에 관한 기억과 악마 숭배가 쉽게 연결될 수 있다.

실은 인간의 기억은 생각보다 쉽게 조작된다. 대표적인 것이 '쇼핑몰 실험'이다. 부모가 어린 자녀에게 옛날에 쇼핑몰에서 널 잃어버린 적이 있다고 말해준다. 자녀가 부정하면 진짜라고 강조하며 조금씩 구체적인 이야기를 해준다. 반복하면 자녀가 점차 그 상황을 인정하면서 어느새 새로운 세부사항까지 더해서 진짜 그런 일이 있었던 것처럼 부모를 잃어버렸던 기억을 생생하게 이야기하기 시작하는 것이다. 본인이 진실이라고 확신하기 때문에 거짓말 탐지기 조사를 해도 진실 반응이 나올 것이다.

그래서 수사기관의 수사 과정이 중요하다. 어떻게 질문하느냐에 따라 진술은 오염된다. 영화 〈살인의 추억〉에서처럼 유죄의 예단을 갖고 몰아가면 목격자는 물론 범인으로 몰리고 있는 본인조차 자신의 기억에 자신이 없어진다. 요즈음은 수사기관뿐만 아니라 초기부터 과열되는 언론 보도에 소셜미디어를 통한 대중의 과격한 여론까지 사건 관련자들의 기억을 오염시킬 수 있다.

인간은 다양한 동기로 정교한 거짓말을 한다. 그것만도 가리기 힘든데 참말조차도 다양한 이유로 부정확한 것이다. 뇌과학 발전으로 사건 관련자들의 기억을 CCTV처럼 재현하게 된다 해도 그 기억이 뇌에 저장되는 과정에서 이미 일부는 놓치고 일부는 왜곡하여 저장하기 때문에 백 퍼센트 믿을 수는 없다.

그래서 인류가 오랜 역사를 통해 발전시켜온 재판 제도란 이런 이중 삼중의 불확실성을 전제로 설계되어 있다. 무죄추정의 원칙을 형사 절차의 근본으로 삼는 이유도 여기에 있고, 사형폐지론의 가장 강력한 논거도 여기에 있다. 정의를 실현하기 위한 과정에서 제일 중요한 것은 정의감이 아니다. 오류 가능성에 대한 두려움이다. 자신이 틀릴 가능성을 두려워하지 않는 정의감이야말로 가장 냉혹한 범죄자일 수 있다. 조국을 지켜야 한다는 신념에 불타는 수사관과 법조인들이 얼마나 많은 무고한 사상범을 만들었는지 생각해보라. 자신이 믿는 정의 때문에 분노하여 목소리를 높이고 있는 이들은 스스로에게 한 가지 질문을 해보아야 한다. 나는 내가 틀렸을 가능성을 생각해본 적이 있는가. 생각해본 적이 없다면, 또는 틀렸어도 대의를 위해 어쩔 수 없다고 생각한다면, 당신은 당신이 분노하고 있는 대상보다 더 위험한 존재다.

하지만, 『미스 함무라비』에도 썼듯이 법정에서 가장 강한 자, 가장 위험한 자는 결국 최종판단자인 법관이다. 그래서 이언 매큐언의 『속죄』는 법관에게는 무서운 책이다. 재판을 할 때마다 나중에 속죄해야 할 일을 만들고 있을지 모른다는 두려운 진실을 새삼 일깨워주기 때문이다.

SF는 인류의 미래가
아니라 현재

어린 시절 즐겨 읽던 책 중에는 SF 소설들이 있었다. 그때만 해도 SF란 어린이를 위한 로봇 만화 같은 것이라고 생각했는지 어린이 코너에 주로 꽂혀 있었는데, 아이작 아시모프의 '로봇 3원칙'이니 외계 생명체가 인간의 뇌를 탈취하여 자신이 인간인지 외계 생명체인지 스스로 혼동하는 이야기 등을 읽고 나면 꼬리에 꼬리를 무는 상상 때문에 잠을 못 이루곤 했다.

그때는 불과 삼십여 년 후에 보스턴 다이내믹스의 로봇이 뒤로 공중제비를 돌고 산길을 뛰어오르는 모습을 보게 될지도, 뇌에 칩을 이식하여 기능을 강화하는 것이 멀지 않은 시대가 올지도 알지 못했다. 그야말로 한 세대 만에 SF소설의 세계 속에 살게 된 것이다. 십 년 전쯤 레이 커즈와일의 『특이점이 온다』를 읽고 놀라워하면서도 한편으로는 '설마……'했었다. 그런데 단 십 년 만에 인간 지능 수준의 소프트웨어, 기계와의 결합으로 업그레이드되는 인간 등 SF소설처럼 들렸던 커즈와일의 이야기들이 현재진행형이 되어가고 있다. 우리는 익숙했던 세상이 근본적으로 변화하는 것을 당대에 목도하는 세대다. 중세 천 년 동안의 변화보다 우리 생전에 벌어질 변화가 더 클 가능성이 높다.

인간은 미지의 것에 대해서는 일단 공포를 느끼도록 진화적으로 설정되어 있는 것 같다. 구석기시대의 초원에서 처음 보는 동물을 맞닥뜨리면 일단 두려워하며 도망가는 것이 생존에 유리했을 테니까. 그래서인지 알파고 이후 쏟아져나오는 미래에 관한 이야기들은 무시무시한 괴담 같을 때가 많다. 인공지능과 로봇이 인간의 일자리를 빼앗아가고, 대다수의 인간은 쓸모없는 존재로 전락하고. 대안은 기본소득제 정도. 그런데 기본소득이란 말 그대로 기본적인 출발점에 불과한 것 아닌가. 인간의 노동력이 필요 없는 시대가 도래하고 있는데, 인간들의 시장구매력은 유지해야 시장이 유지되니 세금으로 기본소득을 나눠줘야 한다. 과연 이것만으로 인간이 자존감을 유지하며 창조와 혁신을 이어가는 에너지 넘치는 삶, 주체적인 삶을 영위할 수 있을까? '살려는 드릴게' 같은 소리 아닌지.

나는 미래를 바라보는 관점이 공포로만 획일화되는 것이 안타깝다. 샌프란시스코 근처 젊은이들은 차고에서 낡은 컴퓨터를 만지작거리면서 화성에 가고 초음속 자기부상열차를 달리게 하고 드론으로 전 세계에 택배를 보내는 꿈을 꾸는데, 왜 우리는 일자리를 잃고 기계의 지배를 받는 악몽만 꿔야 할까. 미래에 대한 꿈을 소수만 꾼다면, 결국 그들만이 미래의 주인이 될 것이다. 바닷가에서 자라는 아이들 중 한 아이는 시커먼 물속에 빠져 죽는 두려움만 생각하고, 다른 아이는 형형색색 아름다운 산호초와 만타가오리 사이를 유영하는 환희를 꿈꾼다면 그들의 미래는 어떻게 달라질까. 꿈조차 소수만이 독점하는 것 같아 안타깝다.

미지의 것에 대한 공포를 극복하는 방법은 우선 알기 위해 노력하는 것이다. 나 역시 어쩔 수 없는 문돌이인지라 과학 분야 책을 읽자면 머리에 쥐가 날 때가 많지만, 그래도 과학 기술이 어떻게 미래를 바꾸어가고 있는지에 관한 책들은 읽으려고 애쓴다. 과학적인 원리까지 이해하는 건 어렵지만, 최소한 지금 내 곁에서 세상이 어떻게 바뀌어가고 있는지 막연한 그림은 그려지는 느낌이라서 가슴이 두근거릴 때가 있다. 미치오 가쿠의 『마음의 미래』, 카라 플라토니의 『감각의 미래』, 에릭 브린욜프슨의 『제2의 기계 시대』 같은 책들인데, 실제 지구 곳곳의 연구소에서 벌어지는 실험과 발명 이야기들이 어린 시절 읽던 SF소설보다 더 신기하고 흥미진진해서 놀라곤 한다.

예를 들자면 꿈을 촬영하는 방법이다. 피험자를 MRI스캐너 안에 눕혀놓고 다양한 영상을 보여주면서 뇌의 반응을 찍어 저장한다. 이것을 사전 삼아 잠자는 사람의 뇌에서 일어나는 반응을 찍은 것과 패턴을 대조 분석하면 동물에 관한 꿈인지 사람에 관한 꿈인지 풍경에 관한 꿈인지 구분할 수 있다. 대조군을 늘리면 늘릴수록, 기기가 발전할수록 더 상세한 분석이 가능할 것이다.

어린 시절 인상적으로 읽었던 SF단편이 현실화되는 것 같은 기분이 들 때도 있다. 「맛 라디오」라는 단편이었는데, 미래의 인간들은 필수 영양소만 캡슐로 섭취하고, 맛은 어금니에 이식한 칩을 통해 '맛 라디오' 방송을 수신하여 즐긴다는 이야기다. 비만, 당뇨병, 충치 걱정 없이 하루종일 전 세계의 산해진미의 맛만을 미각 세포를 자극하여 즐기며 로마 귀족 못지않은 삶을 누리다가, 갑자기 '맛 라디오' 방송국의 기기 고장으로 방송이 중단되자 소동이 벌어지고…… 이런 내용이다. 기발한데 참 만화 같은 이야기라고 생각했는데, 혀 위에 작은 장치를 올려놓으면 전기로 미뢰를 자극해 쓴맛과 신맛을 느끼게 하는 연구가 진행중이란다. 코에 냄새를 불어넣어 아무 맛도 없는 쿠키를 초콜릿, 아몬드, 당밀 맛으로 바꿔주는 장치도 개발되었다고 하고 키스의 촉감을 전송하는 방법도 개발되고 있단다(나는 전통적인 방법을 선호하지만). 실제 세계와 가상 세계가 중첩되는 증강현실 기술 분야에서 진행중인 일들이다.

이런 책들을 읽을수록 알게 되는 것이 있다. 결국 최첨단의 과학이 알고자 탐구하는 대상은 우리 자신이라는 점이다. 인간의 감각은 어떻게 사물을 인식하는지, 인간의 뇌는 어떻게 작동하는지, 우리의 감정은 어떤 정보를 전달하기 위해 진화되었는지, 옳고 그름을 판단하는 우리의 도덕 감정은 어떻게 형성되는지. 아주 오래된 존재인 우리 자신의 몸과 마음의 작동 원리를 연구하고 연구하여 그중 극히 일부를 모방하고 재현한 결과물이 하나씩 출현하고 있는 것이다.

이런 노력들을 신의 영역을 침범하는 것이라고, 금단의 열매를 따서 결국은 재앙을 초래할 것이라고 두려워만 할 필요가 있을까. 오히려 인간을 더 깊게 이해하게 될수록 무지로 인해 생겼던 불합리와 편견, 혐오에서 벗어날 수 있지 않을까. 인간은 미지의 것에 대해 공포심을 가지기 마련이라고 하지만, 사실 인간 자신이야말로 가장 미지의 존재다. 사람들은 자신과 다르다는 이유만으로 타자들을 배척해왔다. 인종, 성별, 성적 지향…… 하지만 그런 하찮은 차이를 압도하는 더 중요한 공통점들을 차례로 알아간다면 서로를 바라보는 시선은 달라질 수밖에 없다. 침팬지나 오랑우탄이 거울 속 자신을 인식한다는 것만 알게 되어도 동물을 바라보는 관점이 달라진다. 하물며 인간에 대해서 더 많은 지식을 갖게 된다면 어떨까. 우리의 혐오 감정 자체가 왜 생기는지, 폭력성은 어디에서 오는지도 해명될 수 있다. 일단 알고 나면 대처할 방법도 찾을 수 있는 법이다.

지금 벌어지는 과학 발전을 괴물을 만들어내는 무모함이라고 보지 말고, 르네상스 이후 계속되어온 우리 인간 자신에 대한 탐구라고 보는 것이 맞지 않을까. 우리는 이제야 뒤늦게 진짜 우리 자신을 조금씩 알아가고 있는 것이다.

그 노력의 결과가 언젠가 먼 훗날 인간을 지배하는 괴물을 낳을지도 모르지만 그보다 먼저 세계 도처에서 인간을 도울 것이다. 안경 덕분에 세상을 흐릿하게만 보던 사람들도 세상을 바로 볼 수 있게 되고, 휠체어 덕분에 걷지 못하던 사람들도 이동의 자유를 얻게 되었듯이 말이다. 인공지능이 등장하는 영화는 대부분 인공지능이 무가치한 인류를 말살하는 천편일률적인 이야기인데, 내가 가장 좋아하는 인공지능 이야기는 러브스토리다. 스파이크 존즈 감독의 영화 〈그녀Her〉는 고독한 남자가 인공지능인 자신의 컴퓨터 운영체제와 사랑에 빠지고 헤어지는 정통 러브스토리라고 할 수 있다. 처연하고, 아름답고, 쓸쓸하고, 관계의 본질에 대해 생각하게 하는 영화다. 여기서 사랑은 목소리를 통해 이루어진다. 그것도 하루종일 블루투스 이어폰으로 귓속에 속삭이는 목소리. 나 자신보다 더 나의 소소한 변화까지 눈치채곤 하는, 나의 외로움을 이해하는, 몰래 내 꿈을 이뤄주기 위해 깜짝 선물을 준비하는, 질투하고 토라지기도 하는, 애기같이 세상 모든 것에 호기심 많은, 그러곤 내 손이 닿지 않는 곳까지 훌쩍 성장해가는 그런 목소리가 낮에도 밤에도 귓가에 속삭이는 거다(심지어 그 목소리가 스칼렛 요한슨의 허스키 보이스……). 어떻게 러브스토리가 아니겠는가.

누군가는 이 이야기를 기괴하게, 심지어 무섭게 받아들일지도 모르겠지만 사람의 외로움을 달래주는 존재는 다양하다. 귀여운 강아지와 고양이뿐만 아니라, 고요히 수조 안을 헤엄치기만 하는 열대어이기도 하고, 독방에 갇힌 장기수에게는 창살 사이로 비치는 햇살 한 자락일 때도 있다. 그보다 훨씬 우리를 닮은 존재가 친구가 되어주고, 손발이 되어준다면 어떨까. 도시의 한구석에서 잊힌 채 살아가며 고독사를 두려워하는 노인들이라면 어떻게 받아들일까. 먼 훗날의 막연한 공포만 생각하지 말고 지금 당장 이웃들이 겪고 있는 구체적인 결핍과 고통을 생각해보자. 인류는 아직도 배고프다. 우리는 벌써 발전을 멈출 만큼 멀리 오지 못했다.

일자리를 빼앗기고 쓸모없는 존재로 전락할 거라는 공포의 밑바탕에는 '노동' '쓸모' '일' 등에 관한 오래된 관념이 있다. 하지만 이런 관념 역시 인간이 만들어낸 것이고, 인간이 바꾸어온 것 아닌가. 영국의 1833년 공장법이 9세 미만 아동 고용 및 18세 미만 소년의 야간노동을 금지하자 공장주들은 시장경제에 대한 부당한 개입이라고 강력 반발했다. 이들이 지금 시대의 의무교육을 보면 어리둥절할 게다. 어린 녀석들이 자기 밥벌이를 하기는커녕 세금으로 공짜로 공부를 하고 있다니 이게 무슨 말도 안 되는 일인가 하고. 탄광 노동자들에게 하루 열몇 시간씩 석탄을 캐도록 시키던 이들이 오후 네시에 퇴근하는 현대 유럽의 사무직 노동자들을 보면 이 미친 시대에는 그냥 앉아서 잠깐 놀게 하고는 공짜로 돈을 준다고 놀라

자빠질 거다. 시대가 달라지면 관념 자체도 달라진다.

그런 점에서 나는 알파고 이후 쏟아진 온갖 요란한 기사들보다 '멍때리기 대회' 기사가 더 혁명적인 함의가 있다고 느꼈다. '미래에 우리는 무슨 일을 하지?'라는 질문만 하지 말고 '그런데 우리는 꼭 일을 해야 되나? 그런데 일이라는 게 뭐지?'라는 질문도 해야 하지 않을까. 우리는 왜 기계에게 일을 빼앗기는 상상만 할 뿐 기계에게 일을 시키고 우리는 노는 상상은 하지 못할까. 사실 가만히 생각해보면 지금 시대에 우리가 '일'이라고 부르는 많은 것들이 과거 시대 사람들 눈에는 그냥 쓸데없는 놀이나 미친 짓일 뿐일 거다. 혀와 배꼽에 피어싱해주는 직업, 프로 스케이트보더, 먹방 찍어 돈 버는 유튜버들, 주기적으로 돌고 도는 유행의 패션 산업…… 인간이 '문화'라고 부르는 것의 대부분은 쓸데없는 유희의 축적이다. 인간은 끊임없이 새로운 즐거움을 찾아내곤 했다. 그러지 않았다면 여전히 동굴 생활에 머물러 있었을지도 모른다. 쾌락은 우리를 단조로운 동굴에서 끌어내어 새로운 모험으로 이끌었다. 우리는 쾌락의 카탈로그를 늘리고 늘리며 세계를 풍성하게 만들어왔고, 앞으로도 그럴 것이다. 상상력도 재미도 없는 성공충들의 권력은 오래가지 않는다. 결국엔 즐기는 자들이 이길 것이다.

미래는 결국 우리가 공유하는 이야기다. 자기실현적인 예언이다. 다수가 공유하는 이야기는 힘이 세다. 그것이 곧 법이 되고, 도덕이 되고, 가치가 된다. 빅데이터를 이용한 인공지능 발전도 인간들의 무수한 행동과 사고방식을 패턴화해 모방하는 데서 출발한다. 미래를 바꾸는 방법은 현재의 사회부터 바꾸는 것이다. 미래의 사회가 전통적인 관점에서의 '쓸모'가 없어진 인간을 어떻게 대우할지 궁금하면 지금 이 사회가 탑골공원에 앉아 있는 노인과 편의점 알바 청년들을 어떻게 대우하는지 보면 된다. 미래의 눈부신 과학 발전이 낳을 부가 어떤 방식으로 분배될지 궁금하면 지금 사회의 분배 구조를 보면 된다. 더 먼 미래에 인공지능 또는 그와 결합한 신인류가 평범한 인간들을 어떻게 취급할지 궁금하면 지금 사회가 소수자들을 어떻게 취급하는지 보면 된다. 미래는 이미 만들어지고 있다. 지금, 여기서 인간을 어떻게 대우하는지에 따라.

여행과 책,
그리고 인생 1

공부해야 할 것도 많고 읽어야 할 것도 많은 세상이지만, 그렇기 때문에 더욱 그 모든 것에 지칠 때가 많다. 그럴 때마다 어린 시절부터 지금까지 변하지 않는 나의 천성을 느낀다. 나 자신을 먼 나라에 표류한 걸리버나 로빈슨 크루소로 상상하는 버릇 말이다. 세계명작을 탐독하고 우드스톡 시대의 록 음악에 열광하던 것도 마찬가지다. 지금, 여기가 아닌 낯선 어딘가를 그리워하곤 한다.

증세가 좀 중증이어서, 서점에 가면 여행 코너에 처박혀 있을 때가 많다. 머지않아 여행할 계획이 있는 곳들뿐 아니라, 빠른 시일 내에 갈 가망이 없는 곳에 관한 책도 가리지 않고 탐독한다. 그것도 아주 구체적으로. 어디에서 어떤 비행기를 타고 가서, 무엇을 먹고, 어디를 걸을 것인지 내일 당장 떠날 사람처럼 생각한다. 구글맵으로 거리거리의 모습을 보기까지 한다. 그런 버릇이 있다보니 내 여행 동반자들은 놀랄 때가 많다. 처음 가는 도시인데 이 골목에서 좌회전하면 타파스 집이 나와, 하고 무심하게 이야기하는 내 모습에.

내 책꽂이에는 언제나 여행에 관한 책들이 잔뜩이다. 두툼한 본격 여행책자 시리즈부터 세계일주 여행기들, 자동차 여행기, 자전거 여행기, 미식 여행기…… 그 많은 책들 중에서 내 삶에 대한 생각에까지 영향을 미친 책이 두 권 있다. 하루키의 『먼 북소리』와 홍은택의 『아메리카 자전거 여행』이다.

하루키가 크레타섬과 로마에 살면서 『상실의 시대』와 『댄스 댄스 댄스』를 쓰던 삼 년간의 기록인 『먼 북소리』는 여행기라기보다는 이국에서의 생활기다. 이 책에서 좋았던 것은 이국의 풍경이나 문화가 아니라, 고국과의 단절감이었다. 자기가 살던 세계를 훌쩍 떠나 이방인들 사이에서 책을 읽고 글을 쓰는 삶, 자기가 속했던 곳과의 연결은 편집자와의 간헐적인 연락 정도가 전부인 삶. 분명 외롭기 그지없는 삶일 텐데도 나는 이런 삶이 너무나 매혹적이었다. 실행하지 못하더라도 이런 옵션이 있다는 상상만으로도 자유가 내 안을 가득 채

우는 것 같다.

　어딜 둘러봐도 좋은 소식이 없는 것 같을 때가 많다. 실망하고, 상처받고, 분노하는 목소리로 타임라인이 가득하다. 세상이 온통 병든 것같이 느껴진다. 그럴 때마다 잠시 눈을 돌려 우리가 얼마나 아름다운 별에 살고 있는지를 생각하려 애쓰곤 한다. 한 번의 여행을 위해 일 년을 살아가는 내 여행중독증이 이런 땐 참 고맙다. 이 별의 아름다움에 압도되었던 순간들이 차곡차곡 내 안에 쌓여 있기 때문이다. 큰 집, 큰 차, 거창한 직함 따위는 이 순간들과 비교할 가치도 없다.

　신용카드로 모으고 모은 외국 항공사 마일리지로 평생의 꿈이었던 갈라파고스 여행을 다녀오면서 돌아오는 비행기 목적지를 서울이 아닌 발리로 하고, 서울은 11개월간의 중간 기착지(스톱오버)로 하여 발권한 적이 있다. 그렇게 해도 미주—아시아 구간이기는 마찬가지라 마일리지는 똑같이 사용하는 거여서 그 다음해의 발리행 편도 항공권을 덤으로 얻을 수 있었다. 그 11개월간 일도 바쁘고 사람 때문에 지치는 일도 있었지만 이상하게 마음이 편했다. 어차피 다음 곳으로 떠날 비행기가 나를 기다리고 있었고, 나는 중간 경유지에 잠시 체류중이었으니까.

　비행기를 예약해두지 않았어도 마음속으로 나는 언제나 이

전 여행과 다음 여행 사이에서 스톱오버중이었다. 다음 여행을 꿈꾸고 있으면 지금 일상에서 부딪히는 일들에 좀더 관대해진다. 여행자가 굳이 아등바등할 이유가 없으니까. 여행자답게 가능하면 좀더 친절한 사람이 되려 애쓸 뿐이다. 어쩌면 이번 삶 전체가 다 스톱오버일지도 모르겠다. 그전, 그후에 뭐가 있는지는 알 수 없지만.

여행이 삶에 자유를 준다고 흔한 이야기를 하긴 했는데, 조금 더 생각해보니 인간의 어리석음이란 그 자유조차 스스로 금세 자진반납하게 만들곤 한다. 다 욕심 때문이다. 욕심이 여행을 다시 일상으로 돌려놓는다. 그걸 뼈저리게 느낀 순간에 나를 일깨워준 책이 『아메리카 자전거 여행』이다.

일곱 살, 다섯 살짜리 두 딸과 셋이서 유럽 여행을 떠났던 때의 일이다. 사정상 애엄마는 함께 갈 수 없게 되었는데도 걱정 말라고 큰소리를 치며 떠났다. 출발 전 밤마다 열심히 공부하여 상세한 일정을 짜고, 아이들에게 사전 교육으로 영화 〈사운드 오브 뮤직〉과 〈로마의 휴일〉을 보여주고 『그리스 로마 신화』를 읽혔다. 평생 언제 아이들과 유럽에 다시 올까 하는 생각에 미술관, 박물관, 유적지 등 남들이 좋다는 곳은 도저히 지나칠 수 없었다. 자동차를 렌트하여 트렁크에 전기밥솥, 참치 캔, 김, 카레 등을 싣고 다니며 고속도로 휴게소에서 밥을 해먹었다. 슈퍼에서 쇠고기를 사다가 밥솥에 넣고 라면 수프를 뿌려 버튼을 누르니 묘한 수육이 되더라.

야심차게 로마에 입성했다. 땡볕에 포로 로마노를 걷고 걸었다. 카이사르라도 된 양 감회에 젖어 있는데, 큰애의 한마디. "아빠, 무너진 돌무더기를 왜 자꾸 봐야 해?" 돌아보니 두 아이 모두 볼이 빨갛게 익고 머리는 산발이었다. 여자아이의 머리를 종종종 이쁘게 묶는다는 것은 내 둔한 손으로 피에타를 조각하는 것과 같은 일이기에 늘 긴 생머리였던 것이다. 지치고 짜증난 둘을 젤라토로 달래며 바티칸 미술관으로 향했다. 인류의 보물이 가득했지만, 인류도 가득했다. 키 작은 아이들의 눈높이에서는 땀에 전 중국 단체관광객의 복대밖에 안 보였다.

그날 밤 민박집에서 지쳐 쓰러진 아이들 머리맡에 앉아 자책했다. 유럽에 원수진 것도 아닌데 왜 생전 다시는 안 오는 걸 목표로 클리어를 하고 있을까. '지르박' 강습도 아닌데 왜 찍고 턴만 반복하고 있을까. 그때 『아메리카 자전거 여행』에서 읽은 구절들을 불현듯 떠올렸다. "근대화가 우리 머릿속에 새긴 집단적 무의식인지 또는 자본주의의 의식화인지 모르겠으나 우리에게는 끊임없이 일을 해야 한다는 강박 같은 게 있다. 노는 것은 항상 죄악시됐다." "나는 호모 루덴스이고 싶다.

놀 줄 아는 사람이 되고 싶다. 나는 놀기 위해서 세상에 태어났다. 놀면서 이 세상에 있다는 것, 살아 있다는 것을 실감한다. 놀기 위해서 일하는 것이다."[15]

그제야 깨달았다. 여행은 숙제가 아니다. 하루하루를 행복하게 보내는 것이 중요하지 무슨 거창한 목표 완수가 여행의 목적이 아니다. 아마 인생도 그럴 것이다. 위약금을 물며 미리 예약한 숙소를 다 취소했다.

로마를 떠나 오스트리아로 천천히 달리며 무조건 아이들이 서자는 곳에 섰다. 그 결과 '내가 사랑한 유럽 시골 놀이터 톱 10' '유럽 미끄럼틀 어디까지 타봤니'를 써도 될 지경이 되었다. 이름 모를 시골 동네 놀이터가 보이면 무작정 멈추고 아이들이 싫증낼 때까지 놀았다. 딸들은 처음 보는 동네 애들과 각자 자기 나라 말을 하며 모래놀이를 했다. 아이들은 바벨탑을 쌓기 전의 세계와도 같다.

서울에도 있는 놀이터인데 시간이 아깝지 않았냐고? 서울의 놀이터에서 아이들이 놀 때는 내가 없었다. 머나먼 이국이지만 지금은 아이들과 함께 있다. 게다가 덤으로 어딘지는 모를 작은 동네지만 멀리 알프스가 보이고, 동네 개천은 물이 맑아 물고기가 헤엄치고 백조가 떠다녔다.

눈물이 날 것 같았다.

여행과 책,
그리고 인생 2

　　　　　　강도, 살인, 강간. 이런 강력범죄를
재판하는 형사합의부 재판장으로 일하던 해가 있었다. 매일
같이 인간이 다른 인간에게 어디까지 잔혹해질 수 있는지 보
아야 하는 나날이었다. 법관도 사람이다. 이런 나날이 계속되
면 내면에서 무언가가 조금씩 부서져가는 느낌이 든다. 어린
이의 사체를 부검한 사진을 보다가 내 안에서 팽팽하게 겨우
버티고 있던 현 하나가 끊어지는 걸 느꼈다.

　나는 그해에 뭔가 해답을 얻기를 기대하며 인도로 가는 일
주일 비행기표를 끊었다. 막연하기 그지없는 기대였다. 류시
화의 책들과 끝도 없이 많은 인도 여행자들의 책이 내게 막연

한 인도에 대한 환상을 심어주었던 것이다. 그곳에 가면 뭔가 영적이고 세속을 초월한 경험을 할 수 있지 않을까.

정작 실제로 맞닥뜨린 인도는 치열한 생존경쟁과 세속적 욕망, 오감을 마비시키는 강렬한 감각의 공세였다. 길 한가운데에서는 소들이 야채장수 좌판을 기웃거리고, 길 옆 담장에서는 원숭이들이 아이 손에 든 빵을 노리고, 동네 큰길가에 산더미같이 쌓인 쓰레깃더미는 시꺼먼 돼지 떼가 몰려와 먹이를 찾느라 쑥대밭이고, 찻길에는 소, 말, 염소, 낙타에 이어 코끼리까지 짐을 지고 지나갔다. 귀를 찢는 경적소리만으로 서로를 인식하며 미친듯이 끼어드는 자동차와 릭샤들을 피해 골목길로 발걸음을 옮기면 철퍼덕 소똥, 모락모락 개똥, 종알종알 염소똥, 급기야 사람 똥까지 버젓이 널려 있었다. 그 모든 냄새와 지린내를 맡으며 깨달았다. 내가 도착한 곳은 영적인 공간은커녕 온갖 감각과 욕망의 끝, 쥐스킨트의 『향수』의 세계였던 것이다. 류시화씨, 싸울래요?

자기네 여인들에 대해서는 보수적인 성 윤리를 강조하면서 외국 관광객 여성들은 모두 프리허그 팻말로 생각하는지 정말 필사적으로 몸 어디 한 군데라도 밀착시켜보려고 달려드는 인도 콧수염 아저씨들은 또 어떤가. 심지어 정말 말도 안되게 대로에서 마주 오는 외국 여성 가슴을 쓱 만지고 도망가는 초짜질한 짓도 불사하더라.

게다가 외국 관광객 한 명이 호객꾼에게는 처절한 생존의 양식인지라, 서슴없이 다가와 말 붙이는 모든 이들이 그 크고 송아지 같은 선한 눈망울로 "마이 프렌드!"를 외치며 되도 않는 사기를 치고, 바가지를 씌우고, 거짓말을 한다. 인도인의 전설적인 구라 실력은 고대 인도의 대서사시 『마하바라타』로부터 유래한다고 할 정도다. 그런데 그렇게 거짓말을 하고 바가지를 씌우려 애쓰지만 도리도리 다 거절해도 씩 웃으면서 그래도 우린 친구라고 악수를 청하곤 하니 이상하게 밉지가 않았다.

성스러운 강가, 갠지스강이 있는 바라나시야말로 오히려 이 모든 세속적 카오스의 절정인데, 새벽녘에 나가 보면 비로소 다른 얼굴을 보여준다. 물안개가 피어오르는 강가에 향로를 피워놓고 의식을 치르듯 경건하게 강물에 몸을 씻는 이들을 바라보다보면 이 사람들이 낮 동안 그렇게 시끌벅적하게 살던 사람들인가 믿어지지가 않았다.

강변을 따라 걷다가 비단 수의를 입고 화장되는 부자 화장터에 못 가는 서민들을 위한 화장터인 하리시 찬드라 가트에 이르니, 유족도 없는 빈터에서 한 시신이 장작더미 위에서 외로이 활활 불타고 있었다. 그 앞에서는 염소가 쓰레기 조각을 오물거리고, 사람들이 강물에 몸을 씻고 양치를 했다. 캠프파이어인 듯 타오르는 장작 바로 옆에 서서 불속을 들여다보니 거친 맨발과 다리는 이미 타서 하얀 뼈가 드러나고 몸통도 타고 있는데 평화롭게 잠든 듯한 중년 남성의 얼굴만은 아직 타지 않은 채 마치 불꽃 목걸이를 두른 듯했다. 이국의 강가에서 그의 얼굴을 마주보며 한참을 멍하니 서 있었다.

뱃사공이 어느새 다가와 자기 배를 타고 갠지스강 주위의 돌계단인 가트들을 둘러보지 않겠느냐고 말을 걸었다. 냉큼 달려오는 일곱 살 꼬마아이가 파는, 꽃으로 장식한 촛불 '디아'도 사 들고 배를 탔다. 강물에 디아를 띄워보내고 강을 거슬러올라가며 뱃사공과 이야기를 두런두런 나눴다. 바라나시에서 뉴델리 가는 기차 시간표도 좔좔 외우고 콜카타가 좋고 런던에는 뭐가 멋지고 청산유수인데, 거기 다 가봤냐는 질문에는 평생 바라나시에만 있었다고 아무렇지도 않게 답하는 뱃사공.

모르는 게 없는 뱃사공 양반에게 부자 화장터(마니카르니카 가트)에서 여자와 아이도 화장해주느냐고 물어봤더니, 여자는 화장해주는데 아이는 화장하지 않고 그냥 강물에 수장시킨단다. 살짝 분개하여 왜 그러느냐고 물었더니, 아이와 성직자(바바)는 신에 가까운 존재이기 때문에 생전 모습대로 부활

할 수 있도록 화장하지 않는다는 대답이 돌아왔다.

가트마다 조잡한 물건을 팔러 달려들던 다섯 살, 여섯 살, 일곱 살짜리 큰 눈망울의 아이들이 생각났다. 너무나 능숙하게 바가지 가격을 부르고 천연덕스럽게 거짓말을 하다가도 아내가 스마트폰을 빌려주니 금세 사진 찍기 놀이에 빠져 영업은 잊어버리고 즐거워하는 모습을 보면서 과연 신에 가까운 천진난만함이구나 싶기도 했다.

뱃사공 카스트이기에 몇 대째 뱃사공을 하고 있다는 그 아저씨에게도, 물건을 팔던 아이들에게도 오늘과 다른 내일은 쉽게 오지 않을 것으로 보였다. 그럼에도 불구하고 그들은 행복해 보였다. 그게 머리를 어지럽혔다.

나는 인도에 오기 위해 인도에 관한 책들을 읽었었다. 하지만 노벨경제학상 수상자 아마티아 센의 『살아 있는 인도』도, 불가촉천민(달리트) 출신임에도 국제적 명성의 경제학자이자 대학 총장이 된 나렌드라 자다브의 『신도 버린 사람들』도 내 눈앞에 있는 이들의 미소를 설명할 수 없었다. 인도는 아직도 카스트제도가 사람들의 삶을 옥죄고, 그중 가장 낮은 지위조차 얻지 못하고 카스트 밖에 존재하는 불가촉천민이 2억 명이나 존재하는 곳이다. 내가 이곳에서 목격한 것은 상상조차 해본 적 없는 빈곤과 불평등이었다. 그럼에도 불구하고 이들은 여전히 웃고 있었고, 아이들은 여전히 천진난만했다.

그렇다고 현실에 엄존하는 거대한 부조리와 불평등에 눈을 감고 내면의 평화와 영적인 세계에서 행복의 원천을 찾는 시도는 여전히 올바른 답이 아닌 것 같았다. 가난 속에서도 행복할 수 있는 것은 인간이 갖고 있는 힘이다. 그렇다고 그것이 구조적인 가난을 정당화할 수는 없는 것이다.

나는 답이 없는 질문들을 생각하고 또 생각했다. 책은 구조의 문제를 설명할 수 있다. 하지만 개별적인 삶의 행복과 불행은 책이 설명할 수 있는 영역을 넘어선다. 책도 무력한 순간이 있는 것이다. 삶은 언제나 책보다 크다. 나는 버려진 시신이 타고 있는 바라나시의 강변에 앉아 내 법정에서 만난 이들을 생각했고, 언젠가 호주에서 만났던 세계에서 가장 잘사는 나라에서 온 가족의 불행을 생각했다. 여행지에서 또다른 여행의 기억을 떠올린 것이다. 세상은 원리적으로 불공평하지만, 고통만큼은 냉정할 만큼 평등하게 개개인의 삶을 찾아온다. 그걸 감히 위안이라고 불러서는 안 된다. 그건 단지 아무도 타인의 삶을 함부로 동정해서는 안 되는 이유일 뿐이다.

어느 해 여름 호주 탕갈루마섬에서 고래 관찰선을 탔던 때의 기억이다. 2층짜리 배는 작았고 파도는 거칠었다. 눈에 띄는 가족이 있었다. 머리가 희고 등 굽은 노부부와 딸이었다.

무뚝뚝한 인상의 노부부는 휠체어에 앉은 중년의 딸을 살갑게 돌봤다. 혹등고래를 볼 흥분에 들뜬 승객들 사이에서 딸의 눈만 텅 비어 있었다. 어디서 왔느냐고 물으니 아버지는 핀란드라고 짧게 대답했다. 노부부는 발달장애인 딸의 휠체어를 밀고 지구 반대편의 섬까지 온 것이다.

혹등고래는 남극의 여름에 하루 1톤 이상 크릴새우를 먹어치운다. 겨울이 오면 따뜻한 호주 북동 해안까지 수천 킬로미터를 헤엄쳐 이동한다. 새끼를 낳기 위해서다. 새끼는 피하지방이 부족해서 남극의 겨울을 견디기 힘들다. 하지만 열대의 바다에는 어미의 먹이가 없다. 어미는 새끼에게 하루 400리터 가까운 모유를 먹이는 동안 거의 아무것도 먹지 못한다.

드디어 고래가 나타났다. 혹등고래는 가장 호기심 많고 활동적인 고래로 유명하다. 어느 놈은 머리를 수면 위로 내밀어 주변을 살폈고 어느 놈은 꼬리로 수면을 내리쳤다. 그러다 드디어 한 놈은 15미터의 거구를 수면 위로 솟구쳐올려 등을 활처럼 구부리고 뒤로 넘어지는 브리칭까지 보여주었다. 승객들은 흥분해 고래가 보이는 쪽으로 이리저리 몰렸다. 배가 옆으로 넘어지지 않나 싶을 만큼. 그때, 갑자기 천을 찢는 듯한 비명이 들렸다. 고래가 나타나도 멍하니 있기만 하던 딸이다. 말을 못하는 딸은 몇 분 동안이나 발작하듯 비명을 질렀고 노부부는 딸을 안심시키려 안간힘을 썼다. 승객들은 불편한 기색이 역력했지만 애써 예의바르게 모른 척했다. 난 마치 인생에 대한 은유 같다고 생각했다. 대자연은 무심하게 아름다웠고 고통받는 이들에게 쉬운 위안은 없었으며 타인들의 최선은 예의바른 방관 정도였다.

가까스로 비명이 멈췄고 물결도 잔잔해졌다. 갑판 바로 옆까지 다가온 혹등고래는 눈을 들어 우리를 바라봤다. 고래의 눈은 무표정한 물고기의 눈과 달랐다. 새끼를 위해 지구 반바퀴를 헤엄쳐온 포유류의 눈은 따스했다. 물론 이 시선에 뭔가 의미를 부여하고 위로받고자 하는 것 또한 인간의 어리석음이다. 그래도 우리에겐 그런 어리석음이라도 있기에 견뎌낼 수 있는지 모른다. 쉽게 보답이 주어지지 않는 삶을.

책 읽기 좋은
공간을 찾아서

　　　　　　　　나이를 먹을수록 공간에 민감해지는 것 같다. 예전에는 그야말로 어떤 공간이든 가리지 않고 책에 집중할 수 있었는데, 요즘은 책 읽기 좋은 공간을 맛집 찾듯이 찾게 된다.

　처음에는 주말마다 도서관들을 찾아다녔다. 서가에 무수한 책들이 꽂혀 있으니 편식 독서에는 더할 나위 없다. 문제는 늘 자리가 부족하다는 점이다. 책을 읽기 위해 자리다툼까지 벌이고 싶진 않다. 결국 도서관에서는 책만 대출하고 집에서 읽게 되었다.

　물론 집이 가장 기본적인 독서 공간이다. 그런데 집에는 너무나 강력한 독서의 장애물이 있다. 티브이다. 그것도 스마트 티브이를 장만한 후에는 넷플릭스 개미지옥에 빠져 허우적대기 일쑤다. 내가 틀지 않더라도 가족 중 누구 하나라도 티브이를 틀면 게임 오버다. 책 이외에는 옵션이 없던 어린 시절과는 상황이 다른 것이다.

강력한 적인 티브이를 피해 의자를 들고 다니기 시작했다. 나는 의자에도 예민하다. 완벽하게 편안한 의자가 없을까 찾아다니며 온갖 좋다는 의자에 앉아보았지만 '그닥'이었는데 우연히 의외의 천생연분을 만났다. 아웃도어용 접이식 의자다. 구체적으로 말하면 헬리녹스의 선셋체어홈인데(피피엘 아닙니다), 휴양지에서 해먹에 누울 때처럼 몸이 푹 파묻히는 느낌이 좋다. 여기다가 입으로 바람 넣는 베개를 목 쪽에 장착하면 완벽하다.

그러다가 원래 아웃도어 의자인데 들고 나가보자는 생각이 들었다. 하지만 서울은 어디를 가도 사람이 넘쳐나는 곳. 사람이 없는 곳을 생각하다보니 바로 가까운 곳에 있었다. 아파트 옥상이었다. 녹슨 철문을 열고 옥상으로 나가보니 사람의 흔적도 없는 넓은 공간이 있었다. 책을 읽다가 고개만 들면 시야 가득히 뻥 뚫린 공간이 들어온다. 누가 보면 좀 기괴한 모습이었겠지만 2017년 여름 틈틈이 아파트 환풍구 옆 그늘에 의자를 놓고 앉아 책을 읽었다. 이 의자에서는 특히 소설이 잘 읽힌다. 김금희의 『너무 한낮의 연애』, 김영하의 『오직 두 사람』, 최은영의 『쇼코의 미소』를 연이어 읽은 기억이 난다. 저녁노을이 질 때면 어린 왕자의 슬픔을 잠시 느껴볼 수도 있다. 자신의 자그마한 별에서 의자를 옮겨가며 석양을 마흔네 번이나 보던 날의 슬픔 말이다.

안타까운 것은 우리 아름다운 금수강산에는 바깥에서 책을 읽을 수 있는 날이 일 년에 며칠 안 된다는 점이다. 요즘 우리 사회처럼 우리나라의 기후도 극단적이다. 여름엔 아프리카, 겨울엔 시베리아, 봄에는 둔황사막의 모래바람.

극단적이기로는 지진에 화산 폭발, 태풍이 일상인 이웃나라도 못지않은데, 그래도 그런 비상 상황만 아니면 우리보다는 좋은 날씨인 것 같다. 접이자전거 브롬톤을(다시 한번 피피엘 아닙니다) 착착 접어들고 일본으로 자전거 여행을 종종 가는데, 책 읽기에 너무나 이상적으로 느껴지는 공간을 두 군데 발견했다. 한 군데는 일본근대문학관 안에 있는 '분단 커피 앤드 비어Bundan Coffee&Beer'. 작은 헌책방 느낌인데 문학관 안에 있는 공간답게 온통 문학과 관련된 것들로 채워져 있다. 음식 메뉴가 이렇다. '셜록 홈스의 맥주 수프와 연어 파이: 허드슨 부인의 특제 요리' '셰익스피어의 스콘: 『맥베스』에 등장하는 운명의 돌이 모티프 '하루키의 『하드 보일드 원더랜드』에 나오는 아침식사 세트'. 무엇보다 좋았던 것은 사람이 별로 없었다는 것이다. 역시 평일에 근대문학관 따위를 찾는 인간이란 드물었다. 문학의 위기는 여행자의 행복.

또 한 곳은 신카이 마코토의 〈언어의 정원〉에 나오는 '신주쿠 교엔新宿御苑'이다. 애니메이션과 똑같이 그 번화한 도심 한가운데 기적같이 자리한 짙푸른 공간이다. 사람이 없는 시간에 가서 아름드리나무 그늘에 있는 의자에 앉아 책을 읽으면 천국이 따로 없다. 아오야마에서 '앙 그랑un grain'의 아름다운 프티가토를 사 들고 온다면 금상첨화고.

하지만 여행지는 여행지일 뿐, 일상의 공간은 아니다. 일상 속에서 내가 발견한 최고의 책 읽기 공간은, 뜻밖이겠지만, 지하철이다.

인천지방법원에 근무하게 되어 서울에서 인천으로 삼 년 동안 출퇴근한 적이 있다. 서울에서 인천으로 통근해보신 분은 인천으로 통근한다는 말의 의미를 실감하실 것이다. 최단거리로만 50킬로미터, 왕복 100킬로미터를 매일 왔다갔다 하는 것이다. 당연히 처음에는 가장 빨리, 편하게 가는 방법을 고민했다. 좌석버스도 타보고, 직접 운전도 해보았다. 문제는 예측할 수 없는 교통 정체. 빨리 갈 때는 한 시간이지만, 운이 없으면 두 시간도 걸린다. 불확실성이 주는 고통보다 예측 가능성을 택하기로 한 나는 9호선으로 노량진에 가서 전철을 타고 주안역까지 가서 다시 버스로 법원에 가게 되었다. 1시간 40분의 여행이다.

통근 수단이 바뀌자 새로운 감각에 익숙해져야 했다. 밀고 들어오는 타인의 체온, 아침부터 불그레한 노인분의 술냄새, 쩌렁쩌렁 객차를 울리는 아주머니의 전화 통화, 전철역 에스컬레이터를 서둘러 뛰어올라가는 행렬의 구보 소리, 곤드레 만드레~ 귀청을 찢는 버스 라디오의 트로트에 이어지는 하이톤의 외침들. 다음 정차할 역은! 디스 스탑 이즈! 운전면허는 ○○운전학원! 앞뒤가 똑같은 전화번호! 내가 선택할 수 없는 감각의 공세를 무력하게 견딘다. 조금이라도 사람이 적은 곳을 찾아 시선을 바쁘게 움직인다. 타인은 참아야 할 대상일 뿐이다. "나는 사람들을 뜨겁게 좋아하는 편이 아니다. 오히려 인간 혐오증이 있다고까지도 할 수 있다. 지하철에서 양옆에 사람이 앉는 게 싫어서 구석자리를 찾아 맨 앞 칸까지 가곤 한다"는 『개인주의자 선언』의 프롤로그는 이 통근길에서 탄생했다.

통근길의 고통을 반전시킨 계기는 전철 승객들의 분포도 및 승하차 패턴 학습, 그리고 어디서 내릴지 관상 보는 법에서 비롯되었다. 상당 구간에서 앉아 갈 수 있게 되자 매일 책을 들고 다니며 읽기 시작했다. 그 순간 전철은 도서관이 되었고, 통근길은 견뎌야 하는 고통이 아니라 끝나가는 것이 아쉬운 즐거움이 되었다.

사람 심리라는 것이 참 묘하다. 한가한 휴일에 집에서 뒹굴거릴 때는 등허리는 소파와, 손은 리모컨과 합체하는 폐인이 되는 주제에, 통근길 전철에서는 세상 다시없는 독서광으로 변신한다. 주변이 시끄러울수록 더더욱 책에 몰입하게 된다. 통근길 전철은 책이 유일한 도피 수단이던 소년기로 잠시 데려다주는 타임머신이었다.

하루 세 시간에 가까운 독서 시간이 강제로 확보되자 참 많은 책을 읽을 수 있었다. 『개인주의자 선언』에서 언급한 책들 중 대부분이 전철에 앉아 흔들거리며 읽은 것들이다. 그 외에도 엘리자베스 워런 미 상원의원의 자서전 『싸울 기회』, 경제학계 두 거목의 일대기 『케인스 하이에크』, 심지어 900쪽이 넘는 벽돌책 『빈 서판』까지 전철에 앉아 읽었으니 스스로 생각해도 신기한 일이다.

재미있는 것은 진지하고 무거운 책은 지하철에서 읽고, 만화책은 조용한 곳에서 정독하곤 했다는 점이다. 지식과 정보를 얻기 위한 책은 필요한 부분만 발췌해서 읽기 때문에 주변이 어수선해도 불편하지 않은 반면, 감각적·정서적 체험이나 기억과 연관된 책들은 조용한 곳에서 봐야 제대로 음미할 수 있기 때문인 것 같다.

통근길 전철에서 책 읽기는 독서 시간 확보 외에도 장점이 있었다. '각인 효과'다. 오리 새끼가 갓 태어나서 사람을 보면 엄마인 줄 알고 따라다니는 각인 효과처럼, 출근할 때 지하철에서 단 십 분이라도 책 읽기를 하면 뇌의 모드 설정이 그쪽으로 이루어지는지 자연스럽게 계속하게 되더라. 출근 때 책을 보면 퇴근 때도 보게 되고, 이어서 밤에도 뒤가 궁금해서라도 보게 되고. 반면 출근 때 페북질을 시작하면……

이때의 좋은 기억 때문에 읽든 못 읽든 책을 들고 출근길에 나서려고 한다. 하루의 시작을 책과 함께한다는 것은 충실한 하루를 여는 좋은 방법이다. 유감스러운 것은 객차 안을 둘러보아도 책을 들고 있는 이는 찾기 힘들다는 점이다. 모든 이들이 똑같이 고개를 숙이고 뭔가 엄청난 보물이라도 들어 있는 양 일제히 핸드폰을 들여다보고 있는 풍경은 사실 바라보는 입장에서는 좀 무서운 모습이다. 사이비종교 의식 같기도 하고, 외계인이 전파로 사람들을 세뇌하는 모습 같기도 하다.

그러던 어느 날, 기적을 보고 놀란 나머지 메모까지 해둔 일이 있다. 노량진에서 종합운동장 가는 9호선 안이었는데,

책 읽는 이가 무려 아홉 명이나 있었던 것이다! 키위새나 갈라파고스땅거북을 떼로 만난 느낌이었다. 여덟 명이 사십대 정도의 양복 입은 남성이고 한 명은 영어회화책 보는 여학생. 책 제목은 『아프리카의 별』『대장정』『기업경영에 숨겨진 101가지 진실』 등인데 객차 사이 통로에 서서 하루키의 『언더그라운드』를 읽는 신사가 이채롭다. 아니 그거 지하철에 사린가스 살포하는 얘기……

습관이 행복한 사람이
행복한 사람

이동진 영화평론가의 책 『이동진 독
서법』을 읽다가 깊이 공감하는 구절을 만났다. 삶을 이루는
것 중 상당수는 사실 습관이고, 습관이 행복한 사람이 행복한
것이라는 구절이다. 그는 이렇게 말한다. 사람들은 죽기 전에
이구아수폭포를 보고 싶다, 남극에 가보고 싶다 등 크고 강렬
한 비일상적 경험을 소원하지만 이것은 일회적인 쾌락에 불
과하고, 반복되는 소소한 일상 자체가 행복한 사람이 행복한
사람이라고.[16] 마치 동화 『파랑새』를 연상시키는 일견 익숙하
고 평범해 보이는 말이지만, 실은 굉장히 과학적인 말이기도
하다. 인간의 행복감에 관한 심리학의 연구 결과는 공통적으

로 '행복은 기쁨의 강도가 아니라 빈도'라고 말한다. 어떤 '큰 것 한 방'도 오래가지 않는다는 것이다.

습관이 행복해야 행복하다는 말이 좋았던 이유는 폭넓게 생각을 확장해갈 수 있는 출발점이기 때문이다. 사회적으로는 시민들이 행복한 습관을 누릴 수 있는 플랫폼을 제공해야 한다. 한강시민공원에서 걷고, 자전거를 타고, 연을 날리고, 낚시를 하는 수많은 사람들의 표정을 살펴보라. 공원과 도서관은 행복 공장이자 행복 고속도로다. 교육도 중요하다. 책을 읽고, 그림을 그리고, 음악을 연주하고, 요리를 하고, 다양한 운동을 즐기고. 어린 시절부터 각자의 행복한 습관을 찾을 수 있도록 경험을 제공하는 교육이 영재교육 이상으로 중요하다.

개인의 삶에서 우선순위를 정하는 데에도 도움이 된다. 자기 자신은 속일 수 없는 법이다. 남들의 기준이 아니라 솔직한 자신의 기준으로 나를 행복하게 하는 일들을 찾아야 한다. 멋진 몸매를 위해 굶고 운동하는 것이 유행이라 치자. 바뀌어가는 몸매를 보는 기쁨이 이를 위한 고통을 상쇄하고도 남는 사람들은 그렇게 하면 되는 거고, 그렇지 않은 사람들은 오히려 맛집 찾아다니는 모임을 만드는 것이 낫다. 남들 보기에 덜 번듯한 직장이더라도 내가 더 좋아하는 일을 매일 할 수 있다면 마다할 이유가 없다. 내 일상을 보내는 공간을 내가 좋아하는 방식으로 꾸미는 것은 결코 낭비가 아니다. 잘나가는 사람과 친해져보려 애쓰기보다 가족, 그리고 오래된 친구와의 관계를 돌아보는 것이 낫다. 습관처럼 내 곁에 있는 이들과의 관계가 불행하면 내 삶 또한 불행할 것이기 때문이다.

생각의 끝에는 결국 나의 가장 오래된 친구가 있었다. 좋아하는 책만 잔뜩 있다면 무인도에 있어도 행복할 것 같던 시절이 있었는데 왜 지금은 끊임없이 새로운 것들을 욕심내면서 무엇에도 쉽게 만족하지 못하는 걸까.

세상에는 크고 대단한 일을 이룬 사람들이 많지만, 내가 가장 본받고 싶은 '습관이 행복한 사람'은 따로 있다. 한 세기, 백 년이라는 긴 세월을 살고 계시면서도 아직도 매일 책을 읽고 글을 쓰는 분이다. 연세대 철학과 김형석 명예교수님이다. 언론은 교수님의 장수 비결에 관한 기사를 앞다투어 싣곤 한다. 사십 년째 매주 세 번은 꼭 수영을 하고, 아침식사로는 무엇 무엇을 드시고. 하지만 내가 보기엔 더 중요한 것들이 빠져 있는 것 같다. 교수님은 나의 처외조부 되신다.

내가 생각하는 교수님의 건강 비결은 먼저 '부지런함'이다. 이십 년째 댁에 갈 때마다 서재엔 언제나 읽고 계신 책이 있고, 쓰고 계신 새 원고가 있다. 사람들은 그동안 뭐하셨는지 묻지만 실은 언제나 똑같았다. 책을 읽고, 책을 쓰고, 강연을 하셨다. 그중 어떤 것은 알려지고, 어떤 것은 알려지지 않았을 뿐이다.

그리고 '거리 두기'다. 총장이니 장관이니 남들은 눈에 핏발을 세우며 탐내는 자리들에 한 점 관심조차 보인 적이 없다. 자식들 일도 그들이 묻기 전에는 먼저 말씀하지 않는다. 여기서 들은 얘기를 저기에 전하지도 않는다. 철없는 아들 걱정에 하소연을 늘어놓는 딸에게 그저 미소를 지으며 "네가 철이 나야 걔가 철이 들지" 한마디하시더란다. 냉정하게 보일 정도로 간섭하지 않는다. 평생 신앙생활을 하지만 맹목적인 열정과는 거리가 멀다. 합리적 이성을 토대로 교회나 목사가 아니라 예수의 가르침을 믿을 뿐이다. 뭔가에 열광하거나 뭔가에 분노해 소리를 질러대는 노인들이 가득한 시대에 그는 언성 한번 높이는 일이 없다.

성공한 인생이라 아쉬운 게 없어 그럴 거라며 입을 삐죽일 이들을 위해 덧붙인다. 1947년 맨손으로 월남한 후 여섯 남매를 키우셨다. 혼자서는 불가능했을 것이다. 아이들에게도 존댓말을 하고 부부싸움도 아이들이 못 듣게 방에 들어가서 하며 언제나 웃음으로 남편을 맞던 부인이 그의 기둥이었다. 그 기둥이 육십 세에 뇌출혈로 쓰러져 눈만 깜빡이며 이십 년 세월을 자리에 누웠다. 그는 그런 부인을 차에 태워 돌아다니며 세상을 보여주고 맛난 음식을 입에 넣어주었다. 결국 부인을 떠나보낸 지 십 년이 넘었지만 자식들에게 부담 주기 싫다며 부인의 손때 묻은 낡은 집에서 홀로 지낸다. 하지만 아주 가끔 딸에게 울고 있는 모습을 들키는 것까지 피할 수는 없다.

정초에는 송추에 있는 이북 식당에 가서 평양냉면을 드시며 고향을 생각한다. 안창호 선생의 강연을 듣고, 윤동주 시인과 함께 숭실학교를 다니던 고향이다. 어느 날 노교수는 딸에게 말했다. "인간이 이 세상에 태어나는 것은 그저 인내 하나 배우러 오는 것 같다."

감히 쉽게 따라할 수 있는 삶은 아니지만, 이렇게 나이들 수 있기를 소망한다. 습관이 행복한 사람, 인내할 줄 아는 사람, 마지막 순간까지 책과 함께하는 사람.

에필로그

쓸데없음의 가치

내게는 큰 즐거움을 주었던 책들에 관한 기억을 신나게 써내려갔지만, 마칠 때가 되니 역시 읽을 분들의 책망이 두렵기도 하다. 독서에 관한 수많은 책들처럼 결국은 인생에 도움이 되는 훌륭한 책들을 소개해주겠지, 하고 기대했던 분들 말이다. 프롤로그에서도 밝혔듯이 언급한 책들은 그저 그 시기에 거기 있었기에 우연히 내게 의미가 있었다. 나는 단지 여러분에게도 그런 책들이 있을 것이니 스쳐 보내지 마시라고 말씀드릴 수 있을 뿐이다. 그래서 구체적으로 책이 당신 인생에 무슨 쓸모가 있었다는 얘기냐고 묻는 분들께는 이런 말씀을 드리고 싶다.

서울대 인문대학원에서 야간 강의를 들을 기회가 있었다. 그중 혜초의 『왕오천축국전』에 관한 시간. 교수님이 처음에는 정해진 자료에 따라 강의하시다가 점점 관련 연구 이야기를 신나게 하기 시작했다. 당시 인도에 간 구법승이 혜초 외에도 많았는데 그들이 얼마나 살아서 돌아왔는지가 궁금해졌단다. 그래서 온갖 고문헌을 추적하여 구법승들의 생환율을 조사하기 시작했다고 한다.

눈을 반짝반짝 빛내며 이야기하는 교수님을 보며 든 두 가지 생각. '아, 아름답다' 그리고, '아, 그런데 쓸데없다'. 깨달음의 순간이었다. 인문학의 아름다움은 이 무용無用함에 있는 것이 아닐까. 꼭 어디 써먹기 위해서가 아니라 그냥 궁금하니까 그걸 밝히기 위해 평생을 바칠 수도 있는 거다. 물론 구법승 생환율을 토대로 당시의 풍토, 지리, 정세에 관한 연구를 할 수도 있을 것이다. 그런데 꼭 그런 용도로 연구를 시작하신 것 같진 않았기에 든 생각이다. 실용성의 강박 없이 순수한 지적 호기심만으로 열정적으로 공부하는 것이 학문의 기본 아닐까. 그 결과물이 활용되는 것은 우연한 부산물일 뿐이고. 수학자들은 그 자체로는 어디에 쓸 일 없는 '페르마의 마지막 정리'를 증명하기 위해 350여 년간 몰두했다. 그 시행착오의 과정에서 많은 수학 이론의 발전이 이루어졌다.

'인문학적 경영' 운운하며 문사철 공부하면 스티브 잡스같이 떼돈 벌 길이 열리지 않을까 기대하는 CEO들께는 죄송하지만, 잡스는 나중에 뭘 하려고 리드대학에 가서 인문학을 공부한 것이 아니다. 그는 그저 히피, 외톨이, 괴짜들과 어울려 쓸데없이 놀다가 한 학기 만에 중퇴한 후 예쁜 글씨 쓰기에 매료되어 서체학calligraphy 강좌를 청강했다.

대학 갈 때 써먹을 욕심에 논술학원 보내서 초등학생에게 어려운 책을 읽히고 있는 학부모들께 죄송하지만, 눈을 감고 생각해보면 입시 때문에 마지못해 본 책은 한 줄도 기억나지 않는다. 수업시간에 몰래 보던 소설책, 자율학습 땡땡이치고 보러 간 에로 영화는 방금 본 듯 생생하다. 글쓰기를 좋아하여 책까지 내게 된 건 그 때문일 거다. 쓸데없이 노는 시간의 축적이 뒤늦게 화학 작용을 일으키곤 하는 것이다.

현재 쓸모 있어 보이는 몇 가지에만 올인하는 강박증이야말로 진정 쓸데없는 짓이다. 세상에는 정말로 다양한 것들이 필요하고 미래에 무엇이 어떻게 쓸모 있을지 예측하는 건 불가능하다. 그리고 무엇이든 그게 진짜로 재미있어서 하는 사람을 당할 도리가 없다.

물론, 슬프게도 지금 쓸데없어 보이는 일에 몰두하고 있다고 모든 것이 언젠가 쓸모 있어지는 것은 아니다. 그 또한 실용성의 강박에서 벗어나지 못한 로또 긁는 소리다. 하지만 최소한 그 일을 하는 동안 즐겁고 행복했다면, 이 불확실한 삶에서 한 가지 확실하게 쓸모 있는 일을 이미 한 것 아닌가.

나에게 책이란

운동신경 제로의 꼬마에게 방구석에서
허풍선이 남작과 가르강튀아를 따라
대모험을 떠나게 해주던 날개.
부잣집 도련님 친구의 천장까지 가득찬 서가 앞에서
남의 인생을 빼앗고 싶은 리플리의 심정을 느끼게 하던 동경.
세로글씨의 누렇게 바랜 책장을 넘기며
제갈량, 양산박 호걸, 오다 노부나가, 사이토 도산을
만나러 가게 해주던 타임머신.
맹수의 포효에 몸을 떨며 비니키우스의 품속으로 파고드는
작은 새 같은 리기아를 보며 조숙하게 찾아온 사춘기.
나르치스와 골드문트 중 나는 어느 쪽 인간일까
고민하게 하던 중2병앓이.
대학 문에 들어선 후 접한, 암호 같은 줄임말로 불리던

모피어스의 빨간약들.

하지만 어느 이즘보다 먹고사니즘이 중하기에

억지로 머리에 쑤셔넣어야 하던 지식의 파편들.

밥벌이는 하면서도 변하는 세상의 가속도를 감히 따라잡아보려

번지르르한 실용적 지식만 찾아 헤맨 어리석음의 증거들.

뒤늦게 아무 써먹을 데 없어도 가슴을 설레게 하던

옛 기억을 떠올려 재회하는 고전이라는 이름의 첫사랑들.

하지만 속절없이 〈아는 형님〉〈왕좌의 게임〉 다시보기와

카톡방, 페북에 넘쳐나는 석 줄짜리 언어들에

뒷전으로 밀리곤 하는 퇴기退妓.

언제나 사랑했고,

언제나 쉽게 버렸던 친구.

널 읽고 싶어.

마지막 장까지.

주

1 김만중, 『구운몽』, 정병설 옮김, 문학동네, 2013, 34~35쪽.

2 김연수, 『소설가의 일』, 문학동네, 2014, 61쪽.

3 황현산, 『밤이 선생이다』, 난다, 2013, 12쪽.

4 같은 책, 5쪽.

5 무라카미 하루키, 「예스터데이」, 『여자 없는 남자들』, 양윤옥 옮김, 문학동네, 2014, 63쪽.

6 로라 베이츠, 『감옥에서 만난 자유, 셰익스피어』, 박진재 옮김, 덴스토리, 2014, 264~65쪽.

7 같은 책, 273~74쪽.

8 같은 책, 287쪽.

9 같은 책, 307쪽.

10 같은 책, 289쪽.

11 같은 책, 290쪽.

12 같은 책, 316쪽.

13 칩 히스·댄 히스, 『스위치』, 안진환 옮김, 웅진지식하우스, 2010, 99~104쪽 참조.

14 앨런 더쇼비츠, 『미래의 법률가에게』, 심현근 옮김, 미래인, 2008, 97~98쪽.

15 홍은택, 『아메리카 자전거 여행』, 한겨레출판, 2006, 286~87쪽.

16 이동진, 『이동진 독서법』, 예담, 2017, 141~42쪽.

쾌락독서
_개인주의자 문유석의 유쾌한 책 읽기
ⓒ 문유석 2018

1판 1쇄 2018년 12월 12일
1판 13쇄 2024년 3월 11일

지은이 문유석

기획 김소영 | 책임편집 박영신 | 편집 김소영 오동규
저작권 박지영 형소진 최은진 서연주 오서영 | 디자인 최윤미 이주영
마케팅 정민호 서지화 한민아 이민경 안남영 왕지경 정경주 김수인 김혜원 김하연 김예진
브랜딩 함유지 함근아 고보미 박민재 김희숙 박다솔 조다현 정승민 배진성
제작 강신은 김동욱 이순호 | 제작처 영신사

펴낸곳 (주)문학동네 | 펴낸이 김소영
출판등록 1993년 10월 22일 제2003-000045호
주소 10881 경기도 파주시 회동길 210
전자우편 editor@munhak.com | 대표전화 031)955-8888 | 팩스 031)955-8855
문의전화 031)955-3579(마케팅), 031)955-1905(편집)
문학동네카페 http://cafe.naver.com/mhdn
인스타그램 @munhakdongne | 트위터 @munhakdongne
북클럽문학동네 http://bookclubmunhak.com

ISBN 978-89-546-5384-8 03800

www.munhak.com